KiKi BUNKO

死にかけ乙女が見つけた幸せ

成瀬かの

CONTENTS

◆―プロローグ

小さな頃、ニナはママと二人、小さな街で暮らしていた。

ママはパン屋で働いていて、いつも蜂蜜色《はちみついろ》の豊かな髪を後ろで一つに結わえていた。青い瞳は宝石のように綺麗だったし、ぎゅーっと抱き締めてもらうと焼きたてのパンの香ばしいにおいがして、とっても幸せな気持ちになったことを、ニナはぼんやり覚えている。

ニナはママが大好きだった。

ううん、大好きなだけじゃない、ニナにとってママは世界のすべてだった。

でも、息を吐くと白い雲が生まれるほど寒い朝、ママは死んだ。

ニナは幼なくて、『死』というものがよくわからなかったけれど、雲一つなく澄み透った空に響き渡る弔《とむら》いの鐘の音に、無性に不安になったことを覚えている。

ニナを礼拝堂に連れてきた大人たちは一人、また一人と消えてゆき、気がつくとニナだけがお墓の前に取り残されていた。

――ここはどこ？　どうしてままはいないの？

ふと気がつくと、男の人が隣にいた。この辺りでは見たことのない人だ。

『おいで』

白い手袋に包まれた手が差し出される。

知らない男の人についていくなんてとんでもないと今なら思うけれど、ニナは男の人の手を取った。幼ないニナにとって、大人の言うことに従うのは当然だったからだ。何よりその男の人はママと同じ蜂蜜色の髪と、青い宝石のような目を持っていた。

――まま。まま。ままはどこ?

――ままにあいたい。

――このひとについていったら、ままにあえる……?

ぽてぽてとついてゆくと、墓地を出てすぐのところに立派な馬車が待っていた。御者が扉を開けて恭《うやうや》しく頭《こうべ》を垂れる。男の人はお礼も言わずに乗り込んだ。ニナもついていこうとしたもののステップが高くて上れない。途方に暮れていると御者が持ち上げて馬車に乗せてくれた。ニナがちょこんと座席に納まると、馬車が走りだす。

馬車に揺られているうちに眠ってしまったのだろう。記憶は森の中に建つ城のような屋敷の前で馬車から降りるところまで飛んでいる。屋敷の中からわらわらと現れた女の人たちを見たニナは目を丸くした。

女の人たちもまた、ニナのママと同じ色の髪と目を持っていたからだ。ママも綺麗だったけれど女の人たちは若く、目尻に生活の労苦が滲《にじ》んでいることもなかった。膚《はだ》は白く、しみ一つないし、黒っぽい服の上に流れる金髪はきらきらと輝いている。

女の人はニナの前にしゃがみ込むと、視線を合わせた。

「あなたがニナね！　旦那さまから聞いているわ。ようこそ子羊の館へ。今日からあなたも私たちの家族よ。私たちのことはお姉さまと呼んでちょうだい。さ、館の中を案内してあげる。こちらへいらっしゃい」

鉛色に塗り潰《つぶ》された世界に、雲を割って眩《まばゆ》い光が射し込んできたみたいな心持ちがした。

女の人は心からニナを歓迎しているように見えた。

――かぞく？　このひとも、になのかぞくになるの？　でも、ままは？　ままはどこ？

よくわからなかったけれど、差し出された手を取る。すると女の人が立ち上がった。手を引かれるまま屋敷の中へ入るニナの背後で扉がぱたんと閉まった。

◆第一章　ニナ、奴隷に堕ちる

誰かが泣いている。

目を開くと薄闇の中、女が躯《からだ》を前後に揺らして慟哭《どうこく》していた。

知らない人。どうして泣いているんだろう。

起き上がろうとしたら躯のあちこちがとんでもなく痛んだ。目も片方しか開かない。半ばパニックに陥りつつもニナは開く右目だけで辺りの様子を窺《うかが》う。

ニナがいるのは三方が石壁に、残る一方が木の格子に囲まれた、牢屋《ろうや》のような空間だった。どうやら地下にあるらしく、窓が一つもない。とても暗いし、土が剝《む》き出しになった床はじめじめしていて底冷えする。

こんな場所、知らない。あたし、どうしてこんなところにいるの?

「大丈夫?」

ハスキーな女の声にニナは躯をびくつかせた。視線を巡らせると、汚れたシュミーズのみを身に纏《まと》った女がいた。南方生まれらしい陽焼けした膚を持つ美人だったけれど、額《ひたい》の焼き印のせいで折角《せっかく》の美貌《びぼう》が台無しだ。

この人、奴隷《どれい》なんだ……。

とはいえ心配してくれているのだから返事くらいしなきゃと思って起き上がろうとしたら激痛が炸裂《さくれつ》した。

歯を食いしばり床に突いた手へと目を遣る。十本あるはずの指は両手を合わせても五本しかなかった。肩の上をばさばさと滑り落ちる藁色《わらいろ》の髪も長さが揃《そろ》っていない。お姉さまたちに、旦那さまの名折れになるから髪は常に綺麗にしておかなければならないと言われ、腰に届くほど伸ばして朝に晩に梳《くしけず》り大切にしてきたのに、あちこち焼け焦《こ》げてさえいるようだ。

足にも痛みがあるのに気がついて見下ろすと、ニナもまたシュミーズしか着ていなかった。しかも血で派手に汚れている。これは洗っても落ちないだろうなと思いつつ裾《すそ》を捲《めく》り上げると、太腿《ふともも》に包帯が巻かれていた。痛む上にうまく動かない指をもどかしく思いながら解くと、大きな傷が現れる。骨に達するほど深そうな傷は縫われてすらいなかった。

じゃあ、じゃあ。開かない左目はどうなっているの……？

震える指を見えない方の目へ伸ばしてみたけれど、触れることはできなかった。女がニナの手首を摑《つか》んで止めたからだ。

「触らない方がいい。痛い思いをしたいってんなら別だけど。私はビーチェ。あんた、名前は？」

あたしは――。

答えようとし、ニナは更に気づく。

声が出ない。

焦《あせ》って何度も発声しようと試みるニナに、女は気の毒そうな顔をした。

「あんた、口が利《き》けないのかい。顔を灼《や》かれた上に喉《のど》まで潰されるなんて可哀想に。ともかく、短い間だろうけどよろしく」

ニナは少し考えると、ビーチェの手を取り掌《てのひら》に指で字を書いた。

――あたし、ニナ。ここは、どこ。なぜ、みじかいあいだ、なの？　どこかにいく、の？

貴族ならともかく、読み書きができる平民は珍しい。幸運なことにビーチェもまた貴重な例外だったらしい。

「へえ、字が書けるのかい。学があるんだね、ニナは。教えてあげる。ここは奴隷の街、ナリアさ。私たちは売られたんだ。奴隷商・イーライにね」

――どうして。

ビーチェはにかっと笑うと、左腕を掲げて見せた。ビーチェも左腕の肘《ひじ》から先がなかった。

「どうして？　私はこの腕のせいさ。旦那さまの用で街を出た時に、狼《おおかみ》に襲われて食いちぎられたんだ。あっちの女もそうだ」

示された先には最前からぴくりとも動かない毛布の塊《かたまり》がある。どうやらあの下にももう一人、酷い怪我で動けない人がいるらしい。

「こんなんじゃ使い物にならないってんで私は旦那さまに見限られた。あんたも似たようなものなんじゃないか？　大丈夫さ、売れるまでは死なないよう手当てをしてくれるし、あんまり痛むようなら言えば痛み止めをくれるからね」

こめかみがずきんずきんと拍動する。頭がおかしくなりそうだった。

——あたし、奴隷になっちゃったの？

お姉さまの笑い声が唐突に頭の中で反響する。

——ああ、ニナ。二度とあなたに会えないと思うと淋しいわ。でも、簡単な言いつけすら守れない子を旦那さまの傍《そば》に置いてはおけないの。だから、さよならよ、ニナ。

そうだ、思い出した。ニナは旦那さまが初めて任せてくださった仕事を完遂《かんすい》できなかったのだ。だからお姉さまたちが怒った。怒って、大怪我をしているニナを置き去りにした。

でも、後でお姉さまの一人がこっそり戻ってきた。助けに来てくれたのだと思ったけれど、違った。お姉さまはニナをただ死なせるのはもったいないと、小遣い稼ぎをしに来たのだ。奴隷商を連れて。

奥歯ががちがち鳴り始める。大して寒くないのに震えが止まらない。

ママが死んで子羊の館に引き取られた日。今日からあなたも私たちの家族よとお姉さまは言った。だからニナはお姉さまたちを本当の家族のように思っていたのに。

――でも、あたしみたいなのがうれるわけ、ない。

ニナは己の状況を再確認する。指は欠け、髪はちりちり。ビーチェが言うには顔も灼かれているらしい。買ったところで何の役にも立ちはしない。

ビーチェは肩を竦《すく》めた。

「知らないのかい？　生け贄《いにえ》が必要だっていう異教徒やペットの生き餌《いえ》にしたいって貴族、死にかけた女が好きな男とか、もうすぐ死ぬってわかっている奴隷が欲しいって客は案外多いんだ」

躯を揺らし泣いていた女が冷たい床に突っ伏し号泣《ごうきゅう》する。ニナの心も絶望に塗り潰された。そんな死に方したくない。でもこの足では逃げることもできない。お姉さまはこういったことを知っていてニナを売ったのだろうか。そう思った時だった。扉を開閉する音がした。足音が近づいてきて、二人の男が姿を現す。

「あれえ、駄目だよ、包帯を解いちゃあ！」

四人分のスープが載った盆を持った小男が緊張感のない声を上げる。小男の額にも奴隷印があった。この男も奴隷なのだ。でも、一緒に来た厳つい躯つきの大男は違うらしい。大きな鍵束を持っている。

大男が入り口を開けると、小男が入ってきて床に盆を置き――傍にいたビーチェが勝手に一つ取って食事を始めた――ニナの傷を検《あらた》めた。奴隷になる前は薬師か治療師だったのか、手際がいい。

「すみません。三番の薬草と包帯を一巻き、端布《はぎれ》を一枚ください」

小男が叫ぶと、格子の外に待機していた大男が通路に置かれた木箱の蓋《ふた》を開け、言われたものを取り出す。そこに必要な物品が保管されているらしい。それならと、ニナは小男の手を取った。何だと思ったのかびくつき顔を赤くした小男の掌に、指で字を書く。

――はり、と、いと、も、ほしい。

足の傷口を縫えればと思ったのだが、小男は困ったように笑いニナの手を押し退けた。

「悪いけれどそういうのはあげられないんだ。大丈夫さ、動かなければ傷が開くこともない。痛み止めの薬草も一緒に巻いてあげてるからそう痛くはないだろう？」

小男は常に少し下に視線をずらしている。決してまっすぐニナの顔を見ようとしない。

牢の外から大男が怒鳴る。

「おい、ペッレ！　早くしろ！」

「あっ、すっ、すみませんっ」

小男――ペッレはぺこぺこと頭を下げながら格子まで走っていき頼んだ品々を受け取ってくると手早くニナの足に包帯を巻いた。

ニナはひらりと一枚落ちた薬草を拾い上げて目の前に翳《かざ》してみる。確かに痛み止めの効果のある薬草だった。

処置が終わると盆の上のスープが一つ渡される。ペッレはもう一つを泣いている女の元へ持っていったけれど、泣くばかりで受け取ろうとしないので地面に置き、ぴくりとも動かない奴隷へも与えようと毛布を摘まみ上げて……溜め息をついた。

「死んでいる」

男たちが死体を牢から運び出す。地下室が静かになると、ニナはすっかり冷めてしまったスープを飲み、横になった。

女の死体が運び出されるさまが頭にこびりついて離れない。

ペッレは一度もニナの顔を見ようとしなかった。恐らく、ニナの顔は見るに堪《た》えないほど酷いことになっているのだ。そしてビーチェの言う通り、イーライにとってニナたちなど売れるまで生きていればいいだけ、その先など知ったことではないらしい。だからいつまた開くかわからない傷を縫ってもくれない。ニナが歩けなくても彼らとしては何ら問題ないからだ。むしろ逃げる心配がなくていいくらいに思っているのかもしれない。でも、ペッレが言った通り、動かなければ傷は開かないし、いつかはくっつく。じっとしていさえすればきっとまた歩けるようになる。

――歩けるようになったとしても、行くところなんかないけれど。

指の震えが止まらない。ニナは目を瞑《つむ》ると毛布をきつく躯に巻きつけた。不潔な毛布は血のにおいがするような気がしてとても眠れそうにないと思ったけれど、躯が弱っていたからか、目を閉じたらすとんと眠りに落ちることができた。

＋　＋　＋

冷たく澄んだ青空にかーんかーんと鐘の音が響く。

ママがいなくなった日に聞こえたのと同じ不吉な音にニナが寝台の中で身を固くしていると、部屋の反対側に据えられた寝台でお姉さまが起き上がった。

『おはよう、ニナ。急いで服を着て顔を洗って。次の鐘が鳴る前に礼拝堂に行かなきゃ』

言われた通りに身なりを整え外に出ると、夜が明けようとしていた。まだ暗い空の下、ヴェールを被ったお姉さまたちがぞろぞろと一方向に流れてゆく。

この屋敷にいるお姉さまたちは誰もが輝くばかりに美しく、ほとんどは金髪に青い目をしていた。おまけに優しく、綺麗な声で小鳥がさえずるように話す。

きらきらした一団の一番後ろからついていくと、お屋敷の裏手にある小さな礼拝堂に入っていった。覗《のぞ》いてみると中には簡素な木のベンチが並び、一番奥に翼の生えた人たちに囲まれた女の人の像が立っている。

『あれは女神さまよ。私たち、毎朝ここでお祈りするの。旦那さまの手を治してくださいって』

ざわめきがふっと絶えた。振り返ると、昨日ニナを連れてきた男の人が、年嵩のお姉さまを従え礼拝堂に入ってきたところだった。

礼拝堂を埋めるお姉さまたちが一斉に頭を垂れる。衣擦《きぬず》れ一つ聞こえない中、こつ、こつという靴の踵《かかと》が木の床に打ちつけられる音だけが響く。

白い手袋で隠されていたから気づかなかったけれど、男の人の左手は手を象《かたど》っただけの作り物だった。全然動かないし、ベンチにぶつかるとこつんと硬い音がする。

『ニナは知っている？　ラデュラムの皇帝の話を。敬虔《けいけん》な信徒だった初代ラデュラム帝が異教徒に手を切り落とされてしまった時、女神さまは天から癒やしの力を持つ御使《みつか》いを遣わしてくださったの。御使い――天使さまが手を翳《かざ》すと光が射して、手は傷一つなく癒えたそうよ。私たちは旦那さまに女神さまの慈悲がもたらされることを望んでいるの。旦那さまの腕はそんな奇跡でも起きないことにはもう、元通りにならないから』

暁《あかつき》の光が高窓に届いたのだろう。薄暗かった礼拝堂がにわかに明るくなる。旦那さまが女神像の前で跪《ひざまず》くと、お姉さまたちもまた一糸乱れぬ動きで旦那さまに倣《なら》った。祈りを捧げる低い声が高い天井に朗々と響く中、旦那さまのために祈るお姉さまたちの横顔は神々しいほど気高くて。

『ニナ。私たちは家族よ。そして家族は助け合うもの、あなたがやわらかなパンを食べられるのもあたたかな寝台で寝られるのも他の皆の頑張りの結果なのだから、あなたも一日でも早く皆の役に立てるようにならなければならないわ。いっぱい食べて、運動して、躯を作りなさい。勉強にも精いっぱい励むのよ。お祈りも忘れちゃだめ』

ニナはびっくりした。『カゾクハタスケアウモノ』なの？　どうしよう。になに、ままになにもしてあげたこと、ない。だからままはいなくなっちゃったの？　なんでもしてもらうばかりのになにあきれて、『シンジャッタ』？

――いいこに、ならなきゃ。あたらしいかぞくのため、がんばらなきゃ。そうしなきゃ、また。

その日からニナは欠かさず旦那さまのために祈るようになった。

勉強もしたし、お手伝いもした。『死』というものを正しく理解してからも、ニナは頑張るのを止めなかった。どこかでわかっていたのかもしれない。ママがいないということは、ニナにはもうこの人たちより他に、頼る人なんかいないのだということを。

ふっと意識が浮上する。目を開けると、いきなりビーチェの顔が目に飛び込んできて、ニナは固まった。ビーチェもびくっとする。そうするとこめかみから垂れてニナの頬《ほほ》をくすぐらんとしていた見事な赤毛も揺れて――ニナは息を詰めた。炎が蛇《へび》のように髪を伝い上がり、顎門《あぎと》を開こうとしているように見えたのだ。

「ニナ？」

一度目を強く瞑ると見えなくなったので、手を伸ばして垂れていた髪を耳に掛けてやると、ビーチェは決まり悪そうな顔をした。

「ごめん、起こして。何か夢見てた？　いい夢？」

ニナは曖昧《あいまい》に微笑《ほほえ》む。子羊の館にいた頃の夢を見ていたのだけれど、いい夢かそうでないか、よくわからない。

「退屈で死にそうで、あんたが起きるのを待ってたんだ。お喋りしようよ、ニナ」

――いいです、けど、あたし、くちが、きけないのに。お喋《お》り《り》で《で》き《き》な《な》い《い》

肘を突っ張って起き上がろうとして、ニナは顔を顰《しか》めた。躯が鉛のように重かった。寒気もする。太腿の傷が、失った指が、損なわれた左目が、ニナを蝕《むしば》み、殺そうとしているのだ。

「ね、私と違ってニナは奴隷じゃなかったんだろ？　今までどんな仕事をしていたんだい」

ビーチェの顔色も悪い。切り株のようになった腕に当てた包帯も染み出た体液で湿っている。もう一人いる女はもう泣いてこそいなかったものの、壁際に横たわって口を半ば開

き、ぼんやりと宙を見つめていた。

――きぞくのおやしきで、はたらいていました。

掌にそう書いてやると、ビーチェは声を弾ませた。

「貴族のお屋敷！　いいじゃないか。毎日どんな仕事をしてたんだい？　奥さまの髪を結い上げたりとか？　ダイアモンドのピンを挿したりした？」

――だんなさまに、おくさまはいませんでした。それに、あたしたちのしごとは、ほかのおやしきとちがったみたい。

一日でも早く『家族』の役に立つようにならなければと思ったニナは文字を覚え、図書室の本を読んだ。食べられる木の実の探し方や役に立つ薬草の見分け方を覚えて野山に分け入るようにもなった。おかげで随分と体力がついたし、採ってきたものはお姉さまたちが喜んでもらってくれた。お姉さまたちが笑ってくれるとニナはほっとした。

になな、みんなのやくにたててる。

大きくなると、ニナは皆と同じように家畜の世話や野菜の皮剝き、庭の薔薇《ばら》の手入れに客室の掃除まで熟《こな》すようになった。子羊の館には御者と執事以外の男性使用人がいなかったので、厩番《うまやばん》から庭仕事に至る一切をお姉さまたちが担っており、お手伝いさせてと言えば、どんな仕事でもさせてもらえたのだ。

旦那さまの夕食に出す肉がないとなれば森へ狩りにも出掛けたし、獲物の捌《さば》き方はもちろん、狩りの道具を手入する仕方も覚えた。雨が降り屋外での仕事ができない日には、お姉さまたちが外国語や行儀作法について教えてくれた。義手の旦那さまは貴族だったから、お屋敷に尊いお客さまが来ることもあったのだ。

——しごとはたいへんだったけれど、みんなやさしかったし、いいしょくばだとおもってました。

「そうなんだ。私も自由になったら、貴族の館で働こうかな。でも、どうやったら雇って貰《もら》えるんだろう。紹介所とかあるのかい？」

——さあ。でも、おねえさまたちのだれも、かぞくのはなしをしたり、さとがえりをしたり、してなかったから、たぶん、みんな、こじだったんだとおもいます。

旦那さまがニナを連れ帰ったのは慈善ではなく、仕事を教え込んで働かせるためだったのだ。

「うっわ、貴族ってのはあこぎなやり方をするねえ」

——そうですか？　でも、ちいさかったあたしにも、ちゃんとべっどをひとつくれましたし、まいにち、おなかいっぱいたべさせてくれました。だんなさまは、いいだんなさま、です。

「独身で優しい旦那さまねえ……。いい男だった？」

ビーチェの目がきらんと輝くのを見たニナは苦笑した。

——きぞくらしい、ひんのあるかた。

「何かこう、ドキドキするようなエピソードはないのかい？　薔薇の棘《とげ》を指に刺したら、心配してハンカチを当ててくださった、とか」

ビーチェはロマンス小説のような話を期待しているようだけれど、残念ながらニナなど旦那さまの視界にも入っていなかった。

——だんなさまは、ふたまわりもとしうえ。

幼ない頃はニナも、大きくなってお姉さまたちのように美しくなれば旦那さまに目を掛けて貰えるのではないかと夢見たりしたけれど、姿を見られるのは朝の礼拝の時だけだったし声を掛けられることもなかった。もし年齢が近かったとしてもロマンスなど芽生えなかったに違いない。

「イーライにニナを売ったのは、その旦那さまなのかい？」

次いでビーチェの口から出てきた質問に、胸の奥がずきりと痛んだ。

——だんなさまは、そんなことしません。

「じゃあ、何だって奴隷に？」

——それはあたしが、いいつけられたとおりにしなかったから、おねえさまたちが。

本当にそうだろうか。お姉さまたちが旦那さまに黙ってそんな勝手をするなんてことがありえるだろうか。

「お姉さまが⁉　あんた、姉に売られたのかい⁉　妹を売るなんて、なんて酷い姉だ！」

ニナは俯《うつむ》きシュミーズの裾を引っ張った。

十四歳になった年、ニナは子羊の館を離れ王都に住まう他の貴族に仕えるよう、旦那さまに命じられた。

不安はずっとあった。ニナの目はぱっちりしておらず、睫毛《まつげ》もばさばさしていない。きっと旦那さまは気づいたのだ。ニナが金髪碧眼《へきがん》でお姫さまのように美しいお姉さまたちと並ぶと見劣りすることに。だから他家に払い下げられるのだとニナは落ち込んだけれど、お姉さまたちは言った。

違うわ。これはニナにしかできない大切な仕事なの。子羊の館の娘として認められるための最終試験だと思って、頑張ってきなさい。誠心誠意お仕えして、新しい旦那さまに可愛がられるのよ。まあ、どうしてもニナが厭《いや》だというなら、私が代わりに行くけれど……？

別にお姉さまに取られそうになって惜《お》しくなったわけではないけれど、ニナは王都に行くことにした。初めて訪れた王都は別世界のようだった。

新しい主、マルティン子爵のお屋敷は子羊の館に比べたらびっくりするほど小さい上、使用人も少なかった。しかもマルティン子爵は王城勤めだという。貴族でも平民のように毎日働きに行く人もいることを、ニナはこの時初めて知った。

マルティン子爵はいい人だったし、王都は華やかで毎日が刺激的だった。おまけにマルティン子爵の若奥さまには赤ちゃんがいた。赤ちゃんは手も足もちっちゃくて、ぷくぷくしていて、にこおっと笑う時の顔といったら、どうしてくれようかと思うほど可愛かった。

若奥さまが赤ちゃんを慈しみ愛すさまを目にするたび、死んだママが思い出されて胸が痛んだ。赤ちゃんが大切にされるのを見ると、自分の中まで優しく甘やかなもので充溢《じゅういつ》していくような気がした。

おまけに、若奥さまの顔にはそばかすがあった。髪も赤くてお姉さまたちのように美しくない。それなのに若奥さまはマルティン子爵に深く愛されていた。とびきり綺麗でなくては誰にも顧《かえり》みて貰えないのだと思っていたニナには衝撃だった。

そっか……お姉さまたちほど綺麗な人なんて滅多にいないもんね。綺麗でないと愛されないなんてことになったら、国が滅んじゃう。

王都では誰もが人生を楽しんでいるようだった。ニナも少しずつ自分のために時間を使うようになった。仕事がない時には街に出て、給金——子羊の館ではそんなものを貰ったことがなかったから驚いた——でちょっとした買い物を楽しむ。王都には色々な人がいて、ニナに新しい世界を教えてくれた。酷い人もいたけれど、それもまた勉強になった。

充実した日々。でも、時折、不安に駆られた。

皆は今も森にいるのに、自分だけ楽しんでいいのだろうか、あたしはもっと己を磨き、旦那さまやお姉さまのために努力しなければいけないのではないだろうか。今のニナを見たら、お姉さまたちは何と言うだろう。

——あたしはいい子でいなきゃいけないのに。

居ても立ってもいられない気分に陥ると、ニナはあえて面倒な仕事を引き受けて没頭した。王都をひたすら歩き回ったり、掌に爪を立ててみたりもした。王都の、子羊の館にあったのよりずっと大きく壮麗な礼拝堂にも行った。旦那さまのために祈ると、ほんの少しだけ気持ちが軽くなった。

でも、ニナの任務はマルティン子爵と良好な関係を築くことだったし、ニナはマルティン子爵とも若奥さまともうまくやっていたのだから、本当は罪悪感など持つ必要はなかったのだ。でも。

——どうしてあんなことになっちゃったんだろう。

伏せた目蓋《まぶた》の裏で炎が揺れる。ばくんばくんと心臓が騒ぎだす。

お願い、私はいいからこの子を助けてと赤ちゃんを差し出す若奥さまの手が見える。高温で建材が弾ける音に交じり、燃える旦那さまの悲鳴も聞こえた。

あれは全部、ニナのせいなんだろうか。

すべて燃え尽きた後、火傷を負い廃墟《はいきょ》に座り込むニナを囲んだお姉さまたちの口元にはいつもと同じ優しそうな微笑が浮かんでいた。惨劇の後だというのにそんな顔ができるお姉さまたちがニナの目には見知らぬ怪物のように見えた。

「ニナ？　あんた、大丈夫かい⁉」

は……っ、はっ、は……っ。

ニナは胸を掻《か》き毟《むし》る。

お姉さまを怒らせるつもりなんかなかった。

「ちょっと、誰か！　誰か来ておくれよ、ニナが死んじまう……！」

張りのあるビーチェの声が荒涼とした空間に反響する。すぐさま誰かが階段を駆け下りてきて毛布を広げ、がくがく震える躯を横たえてくれた。

「ペッレ、ニナは、ニナは一体どうしたんだい⁉」

男の指が首の血管を圧迫するのを感じたけれど振り払う気力もなくて、ニナは目蓋を痙《けい》攣《れん》させる。

「多分、火傷のせいだ。元から発熱していたのに、更に熱が上がっている」

「ねえ、薬を飲んで寝てれば大丈夫だよね？　死んだりしないよね……⁉」

頭の下に適当な服を丸めた枕が押し込まれた。

「わからない。ちゃんと治療をしてやりたいけど、イーライにどれだけ訴えても、最低限の薬草しか買って貰えないんだ」

無理矢理目蓋を持ち上げて見た小男の顔には申し訳なさそうな表情が浮かんでいた。

——ありがとう。あたしは、だいじょうぶ。

ニナがそう掌に書くと、ペッレは泣きそうに顔を歪《ゆが》めた。

「こんなことしかしてやれなくて、ごめんな」

この人があたしの顔を正視しなかったのは忌避《きひ》ゆえではなく、無力感のためだったのかもしれない。

＋　＋　＋

日を追うに連れ、ニナの命の灯火《ともしび》はどんどん弱々しくなっていった。

一日のほとんどをうつらうつらとして過ごす。たまに目覚めると、傍にいつもビーチェがいた。

「ほら、食べな。あんたが寝ている間にペッレが昼食を持ってきてくれたんだ。体力をつけないと、治る怪我だって治らなくなるよ」

そんなことをしたって無駄だってわかっているだろうに、ビーチェがスープを匙ですくって食べさせようとする。いらないと首を振ると、無理矢理口に突っ込まれた。

「いいから食べなって。ニナが元気になってくれないと困るんだよ。あんたが死んだら、あの女と二人きりになっちまう。あんな話も通じない奴と二人きりなんて冗談じゃない。ニナ、私を置いていったりしたら恨《うら》むからね」

ビーチェはいつも明るい。ぶるっと身震いして見せられ、ニナは思わず笑ってしまった。件《くだん》の女は今日は格子を両手で握り締めて座り込んでいる。背中しか見えないけれど、きっとまためそめそ泣いているか、虚《うつ》ろな目を宙に据えているのだろう。

「ほら、口を開けて。食べて、考えるんだ。元気になった日のことを。どこも痛くなくなってどこにでも行けるようになったら、あんた、どうする？　私は家に帰るよ。そうだ、あんた、行くところがないなら一緒においでよ。私は馬鹿やって奴隷にされちまったけど、うちは南方で手広く商売をやってんだ。仕事なんかいくらでもあるから雇ってあげるよ」

ニナは弱々しく微笑んだ。どこまでも前向きでいられるビーチェが眩しかった。

多分自分はもうすぐ死ぬ。

でも、もし生きながらえることができたなら、どうしようか。

ニナの目標はずっとお姉さまのようになることだった。お姉さまたちは皆、綺麗できらきら輝いているようだったし、朝寝坊の誘惑に負けることなく旦那さまのために祈りを捧げる姿は気高く、お姉さまたちこそ天使さまなのではと思ってしまうほど眩かった。ニナはそんなお姉さまたちを崇《あが》め奉っていたけれど、お姉さまたちはたった一度期待に応えられなかっただけでニナを切り捨てた。

　多分、ニナはお姉さまたちのことが好きだったけれど、お姉さまたちはそうではなかったのだ。よくしてくれたのだって、旦那さまにそう命令されたから。そう思ったら、記憶の中の優しげな笑顔がすべて、夜の王都で炎に照らし出されていたのと同じ怪物じみた代物へとすげかわる。あの形だけ綺麗な笑みの下で、お姉さまたちは何を考えていたのだろう。

　――もしまた元気になれたら、今度は好きなことをして生きたい。自分のためだけに好きな服を着て、好きなものを食べ、好きなところへ行くのだ。家族なんかいらない。独りでいい。この人は本当にあたしのことを家族だと思ってくれているんだろうか、実は鬱陶《うっとう》しく思っているんじゃないかと不安に思いながら生きるのは凄く疲れるから。

　でも、こんな風に言ったらビーチェはきっと哀しそうな顔をするから、ニナは口が利けないのをいいことに返事を誤魔化した。

　もしかしたらビーチェも心配しているのはフリだけで、本心ではニナのことなんてどうでもいいと思っているのかもしれないけれど。

　こんなにも親身になって励ましてくれる人まで疑わずにはいられない自分が厭で、ニナはぎゅっと目を瞑る。

置いていったりしたら恨むなんて言ったくせに、翌日ビーチェはでっぷり太った商人風の男に買われていった。

＋　＋　＋

＋　＋　＋

お喋りに加わることなく泣いてばかりいた女は、ビーチェがいなくなった翌朝、自ら命を絶ち冷たくなっていた。彼女もまたビーチェの快活な声に救われていたらしい。

ニナもすっかり気落ちしてしまったけれど、自死できるだけの勇気はなかった。

食事を運んでくるたびにペッレが言う。

「ニナ、一口でもいいから食べておくれよ。生きていれば希望はある。もしかしたらいい旦那さまが買ってくれて、ちゃんとした治療師に診《み》せてくれるかもしれない。生きてさえいればどんな奇跡だってありえるんだ」

でも、ビーチェは、ここに奴隷を買いに来るのは生け贄が必要だという異教徒やペットの生き餌にしたいという貴族、死にかけた女が好きだという変態だと言っていた。だったらこのまま飢《う》え死にするのもいいのかもしれない——なんて鬱々《うつうつ》と考えていたら、扉が開く音がした。誰かが階段を下りてくる。ペッレの底の剝《は》がれかけた靴とはまるで違う音から察するに、客だ。

重い目蓋をこじ開けると、弱々しい洋灯《ランプ》の光の中に二人の男が現れた。

両手の指に指輪を幾《いく》つも光らせ、にたにた笑っている老人が奴隷商、イーライなのだろう。そしてその後を歩いてくる際立って背が高い男が——？

目深に被った頭巾《フード》が落とす影の中から昏《くら》く澱《よど》んだ黒瞳を向けられた瞬間、死に神の冷たい手で心臓を摑まれたような気がした。

見た目はその辺にいくらでもいる破落戸《ごろつき》と変わりない。うっすらと生えた無精髭《ぶしょうひげ》に、脂《あぶら》じみ縺《もつ》れた黒髪。禍々《まがまが》しい黒の外套《がいとう》。

でも、目を見ればわかる。この男の中では凄まじい怒りが渦巻いていて爆発する時を待っている。傍にいたらどんな恐ろしい目に遭わされるか知れないと。

首から提げた鍵を鍵穴に差し込みながらイーライが滔々《とうとう》と口上を述べる。

「ごらんください。顔はこの通りですし指も足りませんが、新しい剣の試《ため》し斬《ぎ》りをする分には充分役に立ちます。喋れませんから聞き苦しい悲鳴を上げることもありません」

ニナの喉がひゅっと鳴った。

試し斬り？　あたし、そんなことのために死ぬの？

男が長躯《ちょうく》を屈《かが》めて入り口を潜る。ボロボロのニナを見ても顔色一つ変えないのは、きっと既に何人もの命を奪ったことがあるからだろう。この男にとってニナの命など藁屑《わらくず》ほどの重さもないのだ。

こつ、こつと鳴る踵の音が死への時を刻んでいるようだった。男の身のこなしには隙《すき》がない。外套の裾が持ち上がっているのは、腰に剣を下げているからだろう。男はニナの前まで来るとしゃがみ込み、髪を摑んで顔を上げさせた。鶏《にわとり》の肉づきを確認するかのように眺め回す眼差しの冷ややかさにニナは震えた。男は血のにおいがした。

「いかがですか。この地下室には特別なお客さましか案内しないのです。他ではこんな奴隷は手に入りません。若い娘ですから、殺す前に楽しむこともできますよ。今なら銀貨一枚でお譲りしましょう」

銀貨一枚。外で少しいい食事をするのと同じ額だ。安すぎるように思えたけれど、すぐ死ぬとわかっている奴隷の値段にしては高いと男は思ったらしい。

「半銀貨にしろ」

「ご冗談を。それでは元値にもなりません」

数度のやりとりの後、半銀貨しか持ち合わせがない、これで買える奴隷がいないなら他へ行くと言う男にイーライが折れた。

「わかりました、半銀貨で。それでは上で契約とまいりましょう」

奴隷商が黒衣の男を連れ格子の外に出ると、代わりに大男が入ってきてニナを荷物のように担ぎ上げた。

「待って待って、せめてこれを！」

階上へと運び上げられるニナの肩にペッレが粗末な外套を着せかけてくれる。シュミーズしか身につけていないのに恥《は》ずかしいと思わずにいたことに気がついたニナはぞっとした。地下で過ごした一カ月の間に損なわれたのは肉体だけではなかったらしい。

応接室で下ろされ外套に袖《そで》を通すと、ニナは無意識に鏡を探して辺りを見回す。見事な飾り棚に嵌《は》め込まれているのを見つけて身を乗り出すと、顔の半面に火傷を負った女と目が合った。思わず振り返ってみたけれど、誰もいない。

まさか。これが今のあたし……？

ニナは愕然《がくぜん》とした。潰れた片目のせいで化け物のようだった。おまけに幽鬼のように痩《や》せ衰え、物乞《ものご》いでもいないくらい汚らしい。

すぐ横のソファで契約内容を確認している黒衣の男の声が更に無惨な現実を突きつける。

「奴隷印がまるで目立たないが、これで大丈夫なのか？」

よく見ると、焼け爛《ただ》れた額には家畜のように焼き印が押された痕《あと》があった。

とっくに理解していたつもりだったのに、打ちのめされる。

あたし、本当に奴隷になってしまったんだ。それもとびきり醜い奴隷に。

「もちろんですとも、旦那さま。よく見ればあるとわかりますし、この足です。逃げることなどできはしません」

目の奥が熱を発し、喉が震える。視界がぼやけて何も見えない。

鏡を見つめぽろぽろと涙を零《こぼ》すニナに大男が一方的に言い聞かせる。

「ニナ、最後に奴隷の心得を教えてやる。いいか、旦那さまに言いつけられた仕事をする時以外は置物になったつもりでいろ。何も聞かず、見ず、考えるな。余計な詮索をしたり旦那さまのことを外で喋ったりしたら、早死にする羽目になるぞ。――まあおまえは、何もしなくても長くは生きられねえだろうがな」

大男が、がははと無神経に笑うと、壁際に控えているペッレが泣きそうな顔をした。そんな顔しなくていいのにとニナは思う。なぜならニナはこんな姿で生きていたくなんかなかった。そしてこの男は剣の試し斬りをするためにニナを買うのだという。つまりニナの惨《みじ》めな生はありがたいことにもうすぐ終わりを迎えるのだ。

「行くぞ。来い」

契約を終えた男が立ち上がり、顎《あご》をしゃくる。男の機嫌を損ねないよう大急ぎで従おうとしてニナは狼狽《うろた》えた。ずっとろくに動かずにいたせいですっかり萎《な》えてしまった足に力が入らない。両手で膝《ひざ》を摑んで躯を支え、何とか立ち上がろうと頑張っていると、腕を摑まれた。

「ひっ」

死を望んでいても怖いものは怖い。縮こまったニナを男は力ずくで引《ひ》き摺《ず》り立たせた。視線だけでペッレにさよならを告げて短い廊下を通り抜け——外に出たニナは立ち竦む。久し振りに見た空はどこまでも高く、青く、澄み渡っていた。あまりの美しさに一瞬、今までのことは全部夢だったんじゃないかと思ったけれど、視線を落とせば煩雑な雑踏が現実を教えてくれた。

イーライの店は奴隷商ばかりが店を構える一角にあり、周囲の店の前には裸同然の男女が繋《つな》がれていた。供を連れた貴族や商人たちが通りを闊歩《かっぽ》し、奴隷の品定めに興じている。新しい旦那さまに続き踏み出すと客たちの間にさざなみが広がり、珍しい動物でも見つけたかのような視線がニナへと集まった。

「見ろよ、あの女。化け物みたいだ」

「うっわ、あんなの買う奴がいるんだ」

「うえっ、臭えな。何だ、このにおい」

ニナは真っ赤になった。

言われてようやく自分の躯が酷い悪臭を放っていることに気づいたのだ。奴隷商に売られてから一度も湯浴みさせて貰えなかったせいだ。

尻込みするニナを、男は容赦なく急き立てる。

「早く来い。こっちだ」

見れば歩くのもやっとなのがわかるだろうに、思いやりの欠片《かけら》もない。

幸い、ずっと歩いていなかったおかげでくっついたのか、足の傷が口を開く様子はなく、ニナは痛みを堪《こら》えつつも歩くことができた。

奴隷商ばかりの通りを抜けると今度は宿屋ばかりが並ぶ通りに出る。ニナを連れた男がその中の一軒の扉を押し開けると、カウンターの奥に座ってにこやかに客の対応をしていた女が血相を変えて立ち上がった。

「ちょいとあんた！　入ってこないでおくれ！」

階段を上がろうとしていた男が女へと目を向ける。ニナは思わず目を瞑った。男が剣を抜き、女を斬り殺すと思ったのだ。

でも、男はうっそりと言い返しただけだった。

「買った奴隷の持ち込みは自由だと聞いたが」

「普通の奴隷ならね！　そいつは今にも死にそうじゃないか。部屋を汚したり死体を置いていかれたりしたら困るんだよ。先払いして貰った宿代は返すからとっとと荷を纏めて出てっておくれ！」

男の唇《くちびる》が引き結ばれる。横で見ているだけのニナが男の圧に押し潰されそうになっているというのに、宿屋の主人なのだろう女は怯《ひる》むどころか男を睨《にら》み返した。

息詰まるような沈黙がしばらく続いた後、男が振り返って言った。

「外で待っていろ」

言われた通り外に出ると、ニナはへたりと扉の横に座り込んだ。

あんなに失礼な態度を取られたのに、どうしてあの男は女主人を斬らなかったのだろう。罪に問われることを恐れたのだろうか？　宿の中にいた客は一人だけ、ついでに斬り捨ててしまえば、誰がやったかわからないに違いないのに。

「行くぞ」

すぐに出てきた男にまた腕を掴まれ、立たされる。別の宿を探すのかと思ったけれど、男は左右に並ぶ宿には目もくれなかった。多分、街の中では試し斬りなどできないと気づいたのだろう。どの宿でも人殺しなんて御免だろうし、屋外だと人目がある。奴隷とはいえ斬り殺すところを見たら誰だって悲鳴を上げるに決まっているし、男を捕縛しようとするだろう。男は街の外でニナを殺すことにしたのだ。

門を通り抜けると視界いっぱいに見晴らしのいい牧草地が広がった。牧羊犬に守られた羊の群れがあちこちで草を食《は》んでいる。緩やかに湾曲《わんきょく》する街道には荷を山のように積んだ農夫や商人の荷馬車が蟻《あり》の行列のように連なっていた。試し斬りするには見晴らしがよすぎると思ったのか、男は街道をどんどん歩いていく。ニナも必死についていこうとしたけれど――弱りきった足が、縺れた。

「……っ」

転ぶ、と思ったけれど、男が抱きかかえるようにして支えてくれた。無言でニナを立たせてまた歩きだした男はしっかりとニナの上腕を摑んだまま、放さない。傍目には無理矢理歩かせているように見えただろうけれど、ニナは気づく。さっきより楽に歩けていることに。男が体重のほとんどを支えてくれているおかげだ。

――これって単に早く行きたいから、だよ、ね……？

もちろん、生きている人間を試し斬りに使おうとする男が奴隷に思いやりを示すわけがない。この男はニナがもたもたしているのが我慢ならないのだ。

でも、と、ニナは男の背へと目を遣る。随分と重そうな荷を負っているのに、男はニナに持たせようとしなかった。荷運びは奴隷の仕事なのに。

――これも落としたりされたら厭だからなの……？

もちろんそうに決まっている。弱ったニナを見かねて持ってくれるくらいなら、そもそも街の外まで歩かせたりするわけない。

荷の中には何が入っているのだろう。金貨だろうか、宝石だろうか。それにしては丸っこいのは、毛布にでも包んであるからだろうか。……銀貨一枚でさえ持っていないとニナを値切ったのに?

やがて丘の向こうに森が見えてきた。あそこまで行けば人目を避けられる。きっとあの森があたしの墓標になるのだろう。そう思ったら、ふっと子羊の館を囲う森が頭に浮かんだ。鬱蒼《うっそう》と茂る木々が落とす影は濃く、しっとりと湿った空気は甘い。小鳥のさえずりしか聞こえない静かな森の中をくすくす笑いながらそぞろ歩くニナに痛いところなどなくて、思う通りに歩いたり喋ったりすることもできた。今ならわかる。あの時の自分は、この上ないくらい幸せだったのだと。

——死にたくない。

ニナは重そうな荷を負い歩く男の背中を見つめる。

——生きてもう一度あの森を歩きたい。そしてお姉さまに聞きたい。あたしのこと、どう思っていたの? って。

それまで死ぬわけにはいかない。ニナは男の背中から腰へと視線を下ろした。

ここにある剣。この男が斬れ味を確かめたいのはこの剣なのだろうか。それならば。

よろめき歩きながら、ニナは摑まれていない方の手を伸ばす。だが、手が外套の下に隠れた剣に届く寸前、男が躯の向きを変えた。森に着いたのだ。

男は街道を外れ獣道へ入っていく。当然腕を摑まれているニナも一緒に森へ踏み入った。

陽射しが遮《さえぎ》られたせいだろうか。急に膚寒さを覚え振り返ると、木々の向こうに街道が見えた。まだ大して離れていないのに、眩い光で満ち溢《あふ》れた街道が別世界のように遠く感じられた。――まるであちら側が現世《うつしよ》で、こちら側が幽世《かくりよ》であるかのように。

急に暗いところに入ったせいで神経が過敏になっているのだろう。視線まで感じた。さやさや、さやさや。葉擦れの音がいやに耳につく。街道から充分離れたと思ったのか、男がニナを振り返り、腰に差していた剣を抜いた。

――終わり、だ。

木漏《こも》れ陽《び》を反射しきらりと煌《きら》めいた剣はニナが見たことのない形をしていた。

死にたくないという気持ちと、こんな醜い姿で生きていたくないという気持ちがニナの中でせめぎ合う。

どちらとも決められずにいるうちに、またかさりと葉の擦《こす》れる音がした。

――待って。これ、風の音じゃない！

気がついたニナが視線を走らせたのと同時に男が得物を振り抜き、血飛沫《ちしぶき》が視界を染めた。きゃんと情けない声を上げて息絶えたのは、ニナではなく狼だった。

葉音がやけにうるさいと思ったのは気のせいではなかった。茂みに巧《たく》みに身を隠していたため気づかなかったけれど、ニナたちは狼の群れに囲まれていたのだ。

背中を冷たい汗が伝う。

狼が次々に飛びかかってきた時にはもう駄目かと思ったけれど、男はとんでもなく腕が立った。優美な反りの入った刃が鏡のように光を弾くたび、狼が屠《ほふ》られていく。男の構えは名の知れた武人のように堂に入っており、危なげがない。途中で邪魔になったのか男は重い荷を素早く下ろしニナの胸元に押しつけた。

「両手で抱えていろ。絶対に落とすな」

「……っ」

思っていた以上の重みに一瞬落としそうになったニナは紐《ひも》を腕に絡げて胸元にしっかりと抱き込み――眉根《まゆね》を寄せた。

荷はあたたかかった。男の体温が移ったのかと思ったけれど、違う。それだけなら生き物特有のやわらかさを持ってもぞもぞと蠢《うごめ》くわけがない。

これって……！

袋を剝いて中身が何か確認してみたかったけれど、そんな暇はなかった。

男は並々ならぬ手練《てだ》れだったけれど、狼もまた数が多い上に賢かった。男が手強いとみるや先に弱そうなニナを片づけることにしたのだろう。背後へと回り込んでくる。

大きな一匹が自分に向かって跳躍したことに気づいたものの、ただでさえ体力が落ちている上に重い荷を抱えたニナは動けない。

今度こそ死ぬと思いぎゅっと目を瞑る。しかし、痛みはいつまで経っても襲ってこなかった。

恐る恐る目を開けると、狼と目が合う。狼は太い棒のようなものをくわえていた。

――棒じゃない。あれは新しい旦那さまの腕だ。

ニナは混乱した。

どうして？　この男は今の今までニナの後ろで狼たちと対峙《たいじ》していたのに、どうしてここにいて、噛まれているの？

答えは一つしかなかった。この人はわざわざ前へ出てニナを庇《かば》ったのだ。己の腕を犠牲《ぎせい》にして。

意味がわからなかった。この人は殺すためにニナを買ったのではないのだろうか。

男が無事な方の手でベルトに挿していたナイフを抜き、狼の喉笛に突き立てる。ぐいと引くと大量の血が流れ狼は息絶えた。巨大な顎をこじ開けて肉に食い込んだ牙《きば》を抜き、どさりと音を立てて頽《くずお》れた狼を片足で踏みつけた男が狼たちを見据える。

黒いと思っていた男の双眸《そうぼう》に赤い光が宿った。

何だろうとニナが凝視したのとは反対に、狼たちが後退《あとずさ》る。

「失せろ」

狼に人の言葉がわかるわけがない。それなのに狼たちは一斉に身を翻《ひるがえ》した。森の奥に澱む闇へと消えていく。

「ふ――」

狼たちの気配が完全に消えると男は長々と息を吐き、剣を下ろした。指先から血が糸のように垂れている。

「無事か」

尋ねたのは、ニナにだろうか。それとも袋の中へだろうか。

男がニナが抱いていた荷へと手を伸ばす。口を絞っていた紐を解くと中から一歳にもならない幼な子が顔を覗かせ、ニナはやはりと思った。抱いた時の感触が、子爵家の赤ちゃんをだっこした時と同じだったからだ。

幼な子は頬を真っ赤に上気させ、べしょべしょと泣いていた。男と目が合うと、安心する様子を見せる――どころかぴきんと凍りつく。

どういうことだろう。この子はこの男の子供ではないのだろうか。

戸惑っていると、男が顔を顰め、袋をニナに返して寄越した。

「怪我をしていないか見てやれ」

ニナは慌《あわ》てて頷《うなず》くと、分厚い苔《こけ》の上に袋を置いた。しゃがみ込んで、皮を剝くように幼な子を袋から出す。

幼な子は男とは似ても似つかなかった。

男はすっと鼻筋が通っているのに、この子の鼻はちんまりとしている。

男は髪も目も黒いのに、幼な子は耳の下で切り揃えた艶々の髪も、短い前髪の下にある眉頭しかない短い眉も雪のように白い。

着ているのも、随分と汚れているけれど白絹《しらぎぬ》のようだ。

――これ、どこの国の装束なんだろう……？

膚着は前で重ね合わせて上から紐で縛ってあるみたいだし、袖が四角く、垂れ下がるほど太い。腋《わき》の下には何のためか切れ込みが入っている。こんな服は見たことがない。

そして幼な子はニナがこれまで見た中で一番と言ってもいいほど可愛らしかった。菫色《すみれいろ》の瞳は澄んでいるし、頰もふっくらと桜色に色づいている。泣くのを堪えているのかきゅっと唇を引き結んでいる表情もまた可愛い。

あちこち触って怪我をしていないか確かめるニナを幼な子もしげしげと眺めていたけれど、何が気になったのか、むちむちとした丸っこい手をおもむろにニナの頰へと伸ばした。

白粉《おしろい》のついた親指を押したような眉毛の端が哀しそうに引き下ろされる。

「……いちゃい……？」

首を傾《かし》げて幼な子を見つめ返し、ニナははっとした。思い出したのだ。自分の顔が醜く焼け爛れていることを。

小さな子がこんなのを見たら恐がるに決まっている。ニナは思わず両手で顔を覆った。

そうしたら指が半分ない両手まで幼な子に晒《さら》すことになった。

異様な姿に衝撃を受けたのだろう。見開かれた菫色の瞳からぽろぽろと涙が零れ落ちる。幼な子は何を思ったのか手を伸ばして、垂れ下がっていた包帯の端を引っ張った。くるくると包帯が解けていき、当ててあった薬草が舞い落ちる。もう薄皮が張ってはいるものの見るに堪えない指の切断面が曝《さら》け出されると幼な子は、ニナの半ばまでしかない指をきゅっと握った。

熱い。

痛いのとは違う心地よいぬくもりに、ニナは目を見開く。幼な子の小さな手の中で傷口が光っていた。幼な子が手を離すと、光がふわりと揺れ膨らみ指を形作る。

「え」

光が散った後には、欠けたはずの指があった。試しに握ったり開いたりしてみると思った通り動く。感覚もちゃんとあった。

どういうことだろう。

「指だけでなく、目と足の傷も治せ。おまえの世話をするのに必要だ」

ニナははっとして男の顔を見た。

これは、この幼な子が治してくれたのだろうか。この男は、この子が奇跡を起こせるのを知っていて、最初から治させるつもりで死にかけた奴隷を買った？　もしかして、この子は……！

男の言葉にこっくり頷いた幼な子が、ぎゅうっとニナにしがみつく。

「んうう」

幼な子が力むと、今度は躯中が熱くなった。

癒えてゆく。手の打ちようがないほど傷つけられた躯が。

目を閉じ、深呼吸してから開けてみると、当たり前のように潰れたはずの左目が開いた。

涙で滲む景色は片目しか開かない時よりずっと明るく、きらきら輝いている。

硬い床に毛布一枚で寝ていたことによる腰の痛みも、熱による頭痛もない。

そうだ、足！

ニナが外套をたくし上げると、横で見ていた男が僅《わず》かに目を見開き、そっぽを向いた。

包帯を解き確認してみた太腿は白く滑《なめ》らかだった。腐りかけていたことなどなかったかのように。

ニナは幼な子をまじまじと見つめる。

人を癒やす不思議な力。誰もが目を背けるような姿をしていたニナに迷いなく手を差し伸べる清らかな心。間違いない。この子こそ、お姉さまたちが探し求めていた天使さまだ。

でも、天使さまは子羊の館ではなくここに降臨された。女神さまはお姉さまたちではなくニナを選ばれたのだ……！

歓喜がニナを包んだ。ニナは跪き、幼な子の手を取った。

「天使さま、ありがとうございます。ありがとう、ございます……！」

男がニナの肩を乱暴に摑む。

「おまえ、口が利けるのか」

「はい。天使さまが癒やしてくださいましたから……」

賞賛に値する素晴らしい御業《みわざ》に男が返したのは舌打ちだった。は？　と思った瞬間、男が天使さまの顔を鷲摑《わしづか》みにする。

「むきゅ」

「何するんですか！」

ニナは男の腕を摑み渾身《こんしん》の力で引き離そうとしたけれど、びくともしない。

「また余計な場所を癒やしたな」

「んうう～」

踠《もが》く幼な子の頬を無骨な指がむにむにと捏《こ》ねる。

「何のために口の利けない奴隷を探したと思っている。おまえの秘密を守るためだ。こいつが外で癒やしの力について喋ったらどうなるか、前に説明してやったのにもう忘れたのか？」

ニナははっとした。

もし癒やしの力を持つ天使さまがここにいると知れたら……どうなるのだろう。

きっと女神さまを崇める教会や各国の王が天使さまを保護し、丁重に遇する。破落戸《ごろつき》のような男は天使さまから引き離され、癒やしの力を好きに使うことはできなくなるだろうけれど、悪いことなど全然ない。

天使さまの顔を解放した男は次いでニナの前髪を掻き上げた。

「奴隷印も消えている。これでは逃げられた時、追いようがない。折角買ったが、こいつは処分するぞ。可哀想だと思うなら次は余計なことをせず、言われた通りにするんだな」

立ち上がった男の右手が腰の剣に伸びる。今度こそ殺されると思ったニナは血の気が引くのを覚えた。

折角元の躯を取り戻せたのに死にたくない。でも、この男の技量を思えば戦ったところで勝ち目はなかった。逃げても背中から斬られるだけだ。どうしよう。どうしたらいいんだろう。立ち竦んでいると、幼な子が叫んだ。

「や――――！」

男の足にしがみつき、いやいやと首を振る。もしやニナを救おうとしているのだろうか。

かあっと躯が熱くなった。

家族だと思っていたお姉さまたちはニナを奴隷商に売った。ママはニナを置いて逝《い》ってしまったし、旦那さまがニナをどう思っているかについてはよくわからない。ニナが死んだところで惜しむ人などいないと思っていたけれど。

――この子は、この子だけは、あたしを助けようとしてくれている――？

ニナはきつく唇を噛んだ。そうしないと泣いてしまいそうだったのだ。

ありがとう、天使さま。

天使さまとニナは出会ったばかり、こんな風に味方してくれる理由なんてない。天使さまは誰をも助けずにはいられないのだろうか。それともわざわざ引き合わせたくらいである、女神さまに何かニナに死なれたら困ることがあって、だから天使さまに命乞いさせたのだろうか。

何だって構わなかった。

天使さまはニナが一番して欲しかったことをしてくれたのだ。

今まで誰もしてくれなかったことを。

だから。

ニナは男を見据えた。さっきまでの混乱ぶりが嘘のようにニナの頭の中は澄み渡っていた。

「あの、待ってください！　あたし、逃げません。秘密を漏らしたりもしません」

鞘《さや》からすらりと引き抜かれた刃に陽光が反射する。ぎろりと睨みつけられただけで躯が竦んでしまったけれど、ニナは踏ん張った。多分、この男は天使さまを独り占《ひとりじ》めしようとしているのだ。従来の薬や治療法では完治を見込めない病人や怪我人、女神教の信徒が天使さまの奇跡を待ち望んでいるのに。この男の好きにさせるわけにはいかない。

「そんな言葉、信用できるか」

「嘘《うそ》だと思うなら思い出してください。さっきまでのあたしの姿を。顔は焼け爛れ、口は利けず、足には歩くのも難しい傷を負っていましたよね。あたし、剣の試し斬りのために買われるんだって聞いた時、よかったって思ったんです。こんな醜い姿で生きていたくなんかない、早く死ねそうでよかったって。でも、天使さまがあたしを救ってくださいました」

どこも痛くないし、喋れるし、歩けるなんて、夢みたいだ。

「奴隷商で買い手がつくのを待っていた時にあたし、もし生きながらえられたら好きなことをして生きようって決めたんです。自分のためだけに好きな服を着て、好きなものを食べ、好きなところへ行こうって。でも、何をするにもまずお金が必要でしょう？　じゃあ仕事も好きなのをって思ったのはいいんですけれど、メイド以外の何かってことくらいしか決められなくて。どうしようと思っていたんですけど、今、わかりました。あたしのしたい仕事」

ニナはその場で跪いた。男に向かって頭を下げる。

「あたしは奇跡をもたらしてくれたこの子に仕えたい。そうできるなら服も食べ物もどうでもいいです。旦那さまはこの子のお世話係を必要としているんですよね？　それならどうか、あたしに今一度機会をお与えください。あたし、奴隷に売られる前は赤ちゃんがいるお屋敷で働いていたんです。小さな子のお世話の仕方は心得ていますし、きっとお役に立てます。もし安心できないなら、もう一度喉を潰しても構いません。奴隷印を押してもいいです。だからどうかお願いします。この子のお傍にいさせてください」

子羊の館にいる間、ニナは色々なことを覚えた。『家族』の役に立ちたかったからだけれど、あの人たちにとってニナは『家族』でも何でもなかったらしい。奴隷商に売られて、必死に身につけたあれこれを生かす機会はなくなり、自分は一体何のために頑張ってきたのだろうと虚《むな》しくなったけれど……ニナは天使さまと出会った。

無価値になり下がったと思っていたニナの過去の努力全部、天使さまのために役立てられる。ううん、多分ニナは最初から、あの『家族』のためではなく、天使さまのために頑張ってきたのだ。これは女神さまのお引き合わせ。だから大丈夫。何もかもうまくいく。

そう思っても手の震えが止まらなくて、ニナは強く掌を握り込む。

そうやって、どれだけの間地面を見つめていただろう。

天使さまの泣き声がえっくえっくというしゃっくりのような声に変わった頃、剣を鞘に戻す音が聞こえた。

「おまえ――名は？」

ニナは勢いよく顔を上げる。ほらやっぱり。これは女神さまの采配《さいはい》だった。

「ニナです。旦那さまは？」

「――クライヴだ」

　くらいヴ、とニナは繰り返し、頭に刻み込んだ。

「天使さまのお名前は」

「ツムギという」

　ニナは涙と鼻水で顔をべたべたにしてクライヴの足元に座り込んでいる幼な子の前に跪くと、小さな手を取った。

「天使さま、あたし、ニナです。今日から天使さまのお世話をさせていただきます。精いっぱい仕えさせていただきますので、これからよろしくお願いしますね」

「にー、にゃ？」

　躯に対して大きすぎるように見える頭がおずおずと傾けられる。愛らしい仕草に、なぜか涙が零れそうになった。

「はい。天使さまのにーにゃです」

　つらいこともあったけれど、女神さまに見出され天使さまに仕えられる自分はきっと世界で一番の幸せ者なのだろう。ニナは小さな手を押し頂き心の中で忠誠を誓う。そうしたら天使さまがくすんと鼻を鳴らした。

「にーにゃ」

「はい、何ですか、天使さま」

「ちー」

「…………え？」

ニナは一瞬固まった。

ちー？

とっさにクライヴを見ると、すっと目が逸《そ》らされた。無言で背負い袋が差し出される。

そういえばこの男は天使さまを世話する人間が欲しくてニナを買ったのだった。天使ならそういったコトとは無縁なのではと思わないでもなかったけれど、幼な子の形を取って人の世に降りてきた以上、そうもいかないのかもしれない。そう己を納得させ背負い袋の中を見たニナは愕然とした。ろくなものが入っていない。今までどう天使さまの世話をしてきたのだろうと横目にクライヴを睨みつつ何とか使えそうな布を見つけたニナは汚れ物を取り替えながら、街に着いて宿屋に落ち着いたらまず天使さまを頭の天辺から爪先までぴかぴかに磨き上げようと決めた。香油を買って貰えるかどうかわからないから、湯浴みで使える香草を道々摘もう。怪我に効く薬草も見掛けたら採取する。クライヴに利することになるけれど、今のニナにこの男から天使さまを奪い逃げるだけの力はない。それなら気に入られておくに越したことはないからだ。

ただし、天使さまをいいように利用しようとしたら、どんな手を使っても成敗する。その時この男がニナに油断していればしているほど仕事は楽になる。

——お姉さまたちを盲信していたあたしみたいに。

場合によっては天使さまを攫《さら》って逃げようと考えていると知ったら、この男は今度こそニナを『処分』することだろう。吐息が感じられるほど死に神が間近にいるのは奴隷商の地下牢にいた時と変わりないのに、なぜだろう、ニナの心は生き生きと漲《みなぎ》っていた。

◆—第二章　ニナ、宿屋の看板娘になる

木陰に座って涙と鼻水でべたべたの顔を拭いてやると、天使さまは船を漕《こ》ぎ始めた。躯に対して大きな頭が肩の間から転げ落ちそうだ。純白の頭がかくんと落ちた瞬間に手で支えようとしたら菫色の瞳がぱちっと開いて眠くなんかないとばかりにニナの手をぐいぐい押し退けたけれど、とろんとした目つきでわかる。眠くて眠くてこの子の意識は今にも飛びそうになっているのだと。それなら少し、待てばいい。

天使さまがまた前のめりになってゆく。同じことを更に二回繰り返して三回目。顔から地面に突っ込もうとしたところで掴まえると、天使さまはもう目を覚ますことなく膝だっこさせてくれた。ほうと安堵《あんど》の息をついたところでニナは気づく。クライヴも天使さまを、息を詰めて見つめていたことに。

この人も天使さまの鼻が潰れてはいけないと見張っていたのだろうか。——まさかね。いつ洗ったかわからない髪はぼうぼう、顔は無精髭だらけ。気に入らないものはすべてぶち殺すという目つきをしたこの男に、幼な子を心配するような細やかさがあるとは思え

ない。

まだ少し鼻が詰まっているのか、呼吸するたびぷすぷすと間の抜けた音を立てる天使さまの寝顔に見入っていると、倒木に腰を下ろしたクライヴが口を開いた。

「ニナ。俺たちと一緒に来るつもりなら、ツムギを天使さまと呼ぶのを止めろ。他人に聞かれたら災厄を呼びかねん」

災厄？　と、ニナは首を傾げる。

多分、教会や国に天使さまが見つかることだろう。ニナとしてはむしろ望むところだけれど、ここは従順に同意しておく。

「かしこまりました。では、天使さまのことはお嬢さまとお呼びしますね」

街道はいまだ大勢が行き来しているらしい。森の中にいても馬車の音や人の足音がひっきりなしに聞こえた。クライヴが血に汚れた剣の手入れを始める。

「子供の世話は得意だと言ったな。子守りだったのか」

「いえ、メイドでしたけれど、時々お嬢さまの遊び相手もさせていただいてました」

「メイドがなぜあんな大怪我をすることになった」

否応なく呼び起こされた忌《い》まわしい記憶に、躯が強張る。

「あれは……お屋敷に火を掛けられて……」

「火事？　足と指の傷は刃物によるものだろう」

ニナは意味もなく天使さまの髪を指で梳《す》いた。くすぐったかったのかおちょぼ口がもにゅもにゅ動く。

「これは火を掛けた人が」

「賊か。火事はそいつらの仕業だったのか。主の家名は何という」

マルティン子爵の名を告げると、クライヴは出来映えを確認するため綺麗になった剣を立てた。銀色の刃が木漏れ陽にきらりと輝く。

「おまえ、マルティン子爵のメイドだったのか。屋敷にいた者は幼な子から使用人まで皆殺しにされたそうだな。当時は他に類を見ない残忍な手口に王都中が震撼《しんかん》したものだが、生き残りがいたのか」

皆殺し。マルティン子爵と若奥さまが炎の中にいたのは知っているけれど——他の皆も死んだ？

心臓が大きく強く脈打ち始める。

「あたしは奴隷に売られたせいで見つからなかったから死んだことにされたんですね、きっと」

「死体が見つからなかったら普通、手引きするためあらかじめ潜入していた賊の仲間と見なされるものだが？」

——この男はあたしを疑っているのだろうか。

「あたし、手引きなんかしてないです。子爵さまも若奥さまもあたしにとってもよくしてくれました。できることなら、救いたかった。もしあたしが疑われるべきなのに見逃されているとしたら、それは多分……」

お姉さまたちの仕業だ。こっそり奴隷に売ったことが旦那さまに知れたら困るから手を回したのだ。どうせ死んだも同然の躯、問題ないと思って。でも、そんな話をしたらこの男はお姉さまたちのことや、なぜそんな状況になったのかを聞こうとするだろう。

家族だと思っていた人たちに裏切られたと説明する？

そんな惨めなことをしたくなかったニナは嘘をついた。

「あたしが元々他の貴族のお屋敷で働いていたからだと思います。あたしが犯人ということになれば、あたしを子爵家に譲った旦那さまにも追及の手を伸ばさざるをえないですよね？」

「なるほど。高位貴族との面倒事に巻き込まれそうだとなれば、腰抜けの役人たちはそれくらいするだろうな」

どうやらこの場はしのげたらしい。ほっとしたところでクライヴが綺麗になった刃を鞘に納めた。

「暗くなる前に次の街に着きたい。そろそろ移動するぞ」

「はい。あ、でも、お嬢さまにその傷を治して貰わないんですか？」

　天使さまなら当然そのくらい簡単にできると思って言ったニナは、クライヴの返答に愕然とした。

「ツムギは異能を使うと深い眠りに落ちる。おまえの怪我は酷かったから、きっと一週間は起きない」

「一週間⁉　それなら旦那さまの傷を先に癒やして貰うべきだったんじゃ」

「あの躯ではツムギの世話など任せられん」

　ニナは首を傾げる。そうかもしれないけれど、ニナは銀貨を払うのも惜しい程度の奴隷だ。

「そんなにお嬢さまは手が掛かるんですか？　これまではどなたがお嬢さまをお世話していたんでしょう？」

　ニナの質問に、クライヴは厭そうな顔をして吐き捨てた。

「俺だ」

　ニナはまじまじとクライヴを凝視する。この男が天使さまのお世話をしていた？

「それなら、やっぱり旦那さまを先に治して貰った方がよかったのでは？」

「俺に幼な子の世話ができるように見えるか？」

　ニナは沈黙した。

　見えない。

「俺には幼な子に何が必要でどこに行けばそれが手に入るのかもわからん。それに、見てわかっただろう。ツムギは俺を嫌っている」

「ああ……」

自分で言ったくせにニナが納得したのが気に入らなかったらしい。クライヴは憮然《ぶぜん》とする。

「言っておくが、国元にいた時、ツムギは俺に鬱陶しいくらい懐いていたんだ。それなのになぜかジ・ディリ王国に入ってから顔を見ると泣くようになってしまった」

「理由はわからないんですか？」

「おおかた国を出てから快適とはとても言えない暮らしをさせているせいか、だっこが下手なせいだろう。だが、そんなのは元からだ……」

途中で考え込んでしまったクライヴを見るニナの目は冷ややかだった。こんな恐ろしげな男を幼な子が好くわけがない。懐いていたなんてきっと嘘だ。とはいえ世話を任せてもらえるなら好都合、ニナは何食わぬ顔で請け合った。

「わかりました。これからお嬢さまのことはこのニナにお任せください。あと、旦那さまの怪我の手当てもさせていただきたいです。お嬢さまに癒やしていただけないなら、もっとちゃんと処置しておかないと」

「……では、やれ。だが、妙な真似をしたら叩《たた》ッ斬るぞ」

何て凶暴な男だろう。でも申し出たからにはやらないわけにはいかない。立ち上がろうとして、ニナはきょとりと辺りを見回した。膝の上で眠る天使さまをどうしよう。

地面は落ち葉が降り積もっていてやわらかい。寝かせたところで痛くはないだろうけれど、気が咎《とが》める。せめて何か敷こうと外套を脱ごうとしたら、怒声を浴びせられた。

「何をしている！」

「ひゃっ、あ、あたしはただ、外套を敷いてあげようと思って……」

「それならこれを使え。女が軽々しく膚を晒すな」

それでようやく中にシュミーズしか着ていないことを思い出したニナは外套の前を掻き合わせた。あたしってば本当に何をしているんだろう！

動揺のあまり震える手で、クライヴが投げて寄越した外套を敷き、天使さまを寝かせる。それからクライヴの手当てをするため、包帯を解いた時に零れ落ちた薬草を拾い集めた。これには痛みを和らげ傷口を腐りにくくする効能がある。使い古しだがないよりましだ。綺麗なのを選り出して清めた傷口に当て、包帯を巻く。

手当てが済むとクライヴはまた天使さまを背負い袋に詰めた。街道に戻り、次の街を目指す。

この大陸は洋梨型をしていて、北側三分の二をラデュラム帝国が占めている。南側三分の一にひしめき合っている大小様々な十の国々のうちの一つがここ、ジ・ディリ王国で、奴隷商イーライが店を構えていたナリアは、王都から少し南方に下がった位置にあった。王都に住む貴族が買いつけに行くのに便利だからか、奴隷を買うならナリアへ行けといわれるほど奴隷商が多いことで知られている。クライヴはその隣にあるヌーカという街を目指しているらしい。

ぼろぼろのシュミーズの上に奴隷商で貰った擦《す》り切れた外套を重ねただけという格好で靴もなかったけれど、ニナの足取りは軽やかだった。どこも痛くなくなった上に、地下牢から解放されたのである。踊りだしたい気分だ。一方、クライヴはむすっとした顔で前を見つめ、黙りこくっていた。放っておきたいけれど、お姉さまが言っていた。相手が喋らないからといって黙るのは怠慢《たいまん》だと。うるさすぎても駄目だけれど、小鳥のさえずりのように楽しく軽やかに話し掛けるようにすればお互いに居心地がよくなる。そしてそうやって稼いだ好意はいざという時に役立つ。

森を抜けると視界が開け、街が見えてきた。街の中央近くに、木の枠組みが聳《そび》え立っているのを見つけたニナは首を傾げる。

「旦那さま、見てください。あそこにあるあれ、何でしょう。鐘塔《しょうとう》でしょうか？」

「……あ？」

勇気を振り絞って話し掛けたのに低い唸《うな》り声で返され、ごめんなさい何でもないですと言いそうになった。でも、そうするより早く、誰かがぷっと吹き出す。すぐ横を追い越してゆこうとしていた荷馬車の御者台に座る男が聞いていたらしい。

「あれは鐘塔じゃねえ。一月《ひとつき》後に始まる花祭り用の山車《だし》だ」

「花祭り、ですか？」

後ろからだとこんなに物騒な面構えの男と一緒にいるとわからなかったのだろう。クライヴを見た男はしまったという顔をした。

「……そうさ。祭りが始まると、花で飾られた山車が街中を練り歩くんだ。見物人もみんな花冠を被るからそりゃあ華やかだぜ。外つ国《とつくに》からも大勢見物客がやってくるくらいだ」

「随分と大きなお祭りなんですね。見てみたいけど……旦那さま、お祭りまでヌーカに滞在します？」

クライヴが答えるより早く、男の向こうからひょいと妻らしい女が顔を出した。

「するに決まってるよ。ヌーカは別の花でも有名なんだ。花祭りをやっている七日間はそっちの花も大盤振る舞い、男たちはみーんな昼は祭りを、夜は別の花を堪能するつもりで来てるんだからね。あんた、浮気されたくなきゃ、旦那から目を離さないようにしな」

「う、浮気……？」

ニナはぎょっとする。この人はどうして浮気なんて言いだしたのだろう。自分とクライヴはそんな関係ではないのに。

やたらと目つきの悪い破落戸《ごろつき》に向かってくさすようなことを言った妻を、男は慌てて席へと押し戻した。

「馬鹿、余計なことを言うんじゃねえよ。あー、それじゃ旦那、こいつの言ったことなんか気にせず、ヌーカを楽しんでくれよな！」

速度を上げそそくさと走り去っていく荷馬車を見送ると、ニナはまだドキドキと脈打っている胸の上を押さえる。

「あの人たち、どうしてあたしたちのことを夫婦だなんて思ったんでしょう……？　それに、花……？　旦那さま、別の花って、どんな花か知っていますか？　この街にはそんなに色んな花があるんでしょうか」

荷馬車にも女の言葉にも無反応だったクライヴの足が止まる。無言の凝視にニナは怯んだ。

「旦那さま？」

「……」

ふいと視線を逸らすとクライヴはまた歩きだす。どうして教えてくれないのだろう！　男性にものを尋ねる時は眉尻を下げて上目遣いに相手の目を見ること、というお姉さまの教えを実践しようにも、クライヴは背が高く、足も速く、立ち止まって身を屈めて貰わなければ目を合わせようがない。

お姉さまならこういう時、言葉巧みに聞き出してのけるのに、ニナはまだまだだ。

もやもやしたままヌーカに入る。まず目を奪われたのは、左右に軒を連ねる宿屋だった。祭り見物の客を呼び込むためか、どの宿も壁を鮮やかな色で塗ったり、窓辺に花鉢を並べたりと小洒落《こじゃれ》ている。どの宿に泊まるのだろうとわくわくしているニナを引き連れ露店の一つへ歩み寄ったクライヴはパンに肉と香草を挟んだものを注文した。

「これを二人分くれ。それから花祭り前後は街の中で野営できると聞いた。どこへ行けばいい」

落ち着いたらまず天使さまの身を清めようと思っていたニナは愕然とした。

「あ、あ、あの、旦那さま。宿は？　取らないんですか？」

「そんな金はない」

にべもなく言い放たれ、呆然《ぼうぜん》とするニナを露店の店主が慰める。

「お嬢ちゃん、今はまだいいが花祭りが始まるとヌーカの宿は目の玉が飛び出るような金を取るんだ。悪いこたぁ言わねえ、旦那の言うことを聞いときな。天幕で暮らしながら祭り見物するってのもオツなもんだぜ。はい、お待ち！　熱いうちに食いな！」

渡されたパンを受け取り店主が教えてくれた道を歩きだしたクライヴの後を、ニナはふらふらと追う。

いつの頃からか宿を取る余裕のない観光客たちが路上にたむろするようになり、治安の悪化を懸念した街側が専用の場所を用意する代わりに他の場所での座り込みや野営を禁じたらしい。

「宿屋に泊まるお金もないのにあたしを買うなんて……」

死にかけていたニナは安かったけれど、奴隷を買うと食《く》い扶持《ぶち》が増える。ずっとお金がかかるのだ。

「金ならこれから稼ぐ。おまえはその間ツムギを見ていろ」

「仕事のアテはあるんですか？　紹介状は？」

「ないが、腕には自信がある」

怪我をしているのに剣を振るう仕事に就《つ》くつもりだろうか。そもそもどういう仕事をするつもりなのだろう。それはまっとうな仕事なのだろうか。

「今までの生活費もそうやって……？」

「いや。今までは国元から持ち出した金があった。イーライへの支払いで最後の半銀貨まで使い果たしたが」

ニナはほっとした。非合法な方法で天使さまを養っていたわけではないらしい。

「あっ、でも、返金して貰った宿代がありますよね」

「あるが、昼飯で使ったし、宿に泊まれるかどうか」

事態は随分と逼迫《ひっぱく》しているようだ。

花祭りまでまだ間があるためか、露店の主が教えてくれた広場には片手で足りるほどしか天幕が張られていなかった。がらんとした広場をぐるりと見渡したクライヴは、入り口近くのベンチに天使さまの入っている背負い袋をそっと置き、自分も隣に腰掛ける。ニナも腰掛けると、露店で買ったばかりの包みを一つ渡された。クライヴが包みを開いて食べ始めたのでニナも包みを開いてかぶりつく。行儀が悪いけれど、こういった食べ物はこうやって食べるのが一番美味《おい》しい。

――あ。このお店、当たりだ。

露店の軽食屋は当たり外れが激しいけれど、これは大当たりだった。歯を立てるたびに野菜がしゃくしゃくと小気味よい音を立てるし、じゅわっと染み出てくる肉汁が堪《たま》らない。濃いめの味つけも疲れた躯に染み渡る。

イーライのところでは、具のほとんどないスープしか出なかった。久し振りのまともな食事に躯が喜んでいる。燦々《さんさん》と降り注ぐ陽の光を浴びながらこんなに美味しいものを食べられるなんて、何て幸せなのだろう。

すっかり平らげ心も躯も充溢したニナは心の中でよし！　と気合を入れた。天使さまのためである。それから女神さまの恩寵に報いるため。素晴らしい食事《》

「旦那さま」

「何だ」

「宿代を節約したところで焼け石に水ではないでしょうか。それに、旦那さまは怪我がよくなるまで躯を休めるべきです」

　クライヴのごつごつとした手が空になった包みを握り潰した。射るような眼差しがニナを貫く。

「金がないのに働くな、だと？　おまえはツムギを飢えさせる気か」

「とんでもないです。ただ、あたしは逆にしたらいいんじゃないかって思って」

「逆？」

「旦那さまがお嬢さまのお世話をして、あたしが稼ぐんです」

　クライヴの眉が顰《ひそ》められた。

「稼ぐのは男の仕事だ」

　圧の強い切れ長の目元に、闇夜のような黒髪。あまり見ない容姿に、何となくそうではないかと思っていたけれど、クライヴは異国の生まれだったらしい。この国では女性が働くのは決して珍しいことではないけれど、外つ国には女性を働かせるのを恥とするところもあるという。それから奴隷というものがいない国も。

　この人は奴隷の扱い方を知らないのではないだろうか。

「あたしは奴隷に売られるまで貴族のお屋敷で働いていました。働くのには慣れてます」

「だが、俺は、幼な子の世話など――」

「お嬢さまは眠っておられます。手は掛かりません。目覚めても、入浴や汚れものの始末はあたしが仕事から帰ってきてからします。旦那さまは食べるものと危険なことをしていないかだけ気を配ってくだされればいいです」

クライヴの目が細められる。どうやらニナの案はお気に召さなかったようだけれど、怒鳴り散らしたり暴力を振るったりしようとする気配はない。

やっぱり。

行けると見たニナは畳みかける。

「お願いです。怪我が治るまでだけでいいんです。お金についてはあたしに任せてください。そもそもあたしは旦那さまの奴隷です。旦那さまのために稼ぐのは当然のことでしょう?」

クライヴの目が怯んだようにニナから逸らされた。顎が僅かに引かれる。もしかしたら地面を見下ろしたかっただけかもしれないけれど、ニナは承諾と解して勢いよく立ち上がった。

「ありがとうございます。それじゃああたし、早速仕事を探してきますね。見つからなくても日没には戻ってきます。それまでお嬢さまのことをお願いします」

「!? おい、待て……っ」

制止の声など聞こえないふりでニナは来た道を一目散に駆け戻る。

広場へ行くまでの間に、ニナは花祭りの期間限定で働き手を求める張り紙をあちこちで目にしていた。多分この街には花祭りの間だけ普段の何十倍もの観光客や商売人が来るのだ。当然、宿屋や飲食店の働き手も見合うだけ必要になるけれど、足りていない。だからこんなものが店の前に張られている。きっと今なら、つてがなくても雇って貰える。

――女神さまが味方してくれているみたい。――ううん、みたいじゃなくてしているんだわ。あたしたちは天使さまと一緒にいるんだもの。

ニナは店や宿が建ち並ぶ区画を一通り見て回ると、住み込みで働かせてくれるところを選んで扉を叩いた。

大抵は話をするまでもなく摘まみ出された。怪我こそ消えたものの、ニナは奴隷商を出た時のままの格好でとんでもなく汚い上に臭かったからだ。

最初は楽観的だったニナも、大口を叩いてきたのにどこも雇ってくれなかったらどうしようと焦りだす。

最後の宿の戸を叩き、出てきた女主人を見たニナは絶望的な気分になった。

歳の頃は四十ほどだろうか。腕を腰に当ててニナを見下ろしている女主人は痩せぎすで、やわらかな栗色の髪を高く結い上げていた。そばかすの浮いた頬の上に据わった目の色は青く、はっとするほど美しかったけれど冷たそうで、絶対塵《ごみ》でも払うように追い払われると思ったのに、女主人はニナの話をちゃんと聞いてくれた上、こう言った。

「……まあいいだろう。辞めた子の代わりが見つからなくて困ってたんだ。臭いのは洗えばいいし、そのガタガタの髪も切ったらちっとはマシになるだろうからね。それより、うちは宿屋だけでなく酒場もやっているから、花祭りが始まったら日の出から深夜までとんでもなく忙しくなるよ。あんた細っこいけど、祭り最終日まで音を上げず働けるのかい？」

代わりが見つからないのは多分、仕事がきついのと女将の話し方がぶっきらぼうで怒られているように感じられるからだろうけれど、天使さまを風呂に入れ、あたたかいベッドで寝かせられればニナは大満足だ。

「ありがとうございます。あたしはニナと申します。精いっぱい働きますので、よろしくお願いします」

「……私はノヴェッラさ。女将《おかみ》さんと呼びな」

フンと鼻を鳴らしたノヴェッラは、ニナが文無しだと知ると賄《まかな》いつきにしてくれた上、手当を日払いにしてくれた。見せてくれた部屋は狭かったけれど、個室であるという時点で使用人用の部屋としては相当に上等だ。しっかりとした寝台や造りつけの棚もある。これなら申し分ない。

湯を沸かすから洗濯室で身を清めなと言うノヴェッラに、ニナはすぐ戻ると言い置き広場に戻った。

クライヴはまだ昼食を食べたベンチにいて、袋の口を開いていた。天使さまの唇を水で湿らせてやっていたらしい。破落戸《ごろつき》のような男が恐る恐る幼な子の世話をしている姿には思わずくすっと笑ってしまうようなおかしみがあり――ニナは緩みかけた頬に力を入れた。

――しっかりして、ニナ。あの男は天使さまを独り占めしようとする大罪人なのよ！

澄まし顔でクライヴたちに歩み寄り、意気揚々と成果を報告する。

「お待たせしました。お仕事、見つかりました！　宿屋で、お部屋も使わせて貰えるんです」

「……そうか」

淡々と頷くと、クライヴは元通り袋の口を閉じた。

天使さまの入った袋を抱いたクライヴを連れて宿屋に戻ったニナは胸を張り、店を紹介する。

「ほら、ここ。この『春《はる》の微睡《まどろ》み亭《てい》』です！」

細くごみごみとした裏路地へと回って勝手口を開けると、ちょうど洗濯室へ湯を運び込もうとしていたノヴェッラと目が合った。

「ちょいと！　何だいその男は！」

「あっ、女将さん、ちょうどよかった。紹介します。あたしの旦那さまです。旦那さま、こちらは『春の微睡み亭』の女将さんのノヴェッラさんです」

「クライヴだ。よろしく頼む」

背負い袋を胸元に抱いたクライヴが僅かに顎を引き挨拶《あいさつ》する。だが、ノヴェッラは挨拶を返すどころか噛みついた。

「あんた……嫁がこんな汚い格好をしているっていうのに、よく平気な顔をしていられるね！」

「えっ⁉」

どうやらノヴェッラはニナの『旦那さま』を、ご主人さまではなく夫という意味に受け取ったらしい。もしかしたら、さっき浮気がどうのと言っていた荷馬車の夫婦も同じ誤解をしていたのかもしれない。

ニナは思わずクライヴの顔色を窺う。クライヴは少し考えた後、こう言った。

「……妻には申し訳なく思っている」

「旦那さま⁉」

かあっと躯が熱くなり、変な汗が湧《わ》いてくる。この人は何を考えているのだろう。そんな風に言ったら、本当に夫婦だと思われてしまうのに。

案の定、ノヴェッラが目を吊り上げた。

「そんなとってつけたように殊勝なことを言っても無駄だよ。張り紙に書いてあっただろう。募集は女一人、あんたみたいに図体がでかいのを雇う気はない」

ニナはあっと声を上げた。クライヴや天使さまについて言ってなかったことに気がついたのだ。

「あのっ、もちろん、働くのはあたしで、旦那さまじゃありません」

「でもってさっき案内した部屋はうちで働いてくれる子のために用意したんだ。働きもしない男を住まわせるためじゃない」

ノヴェッラの言うことはもっともだ。ニナも初めはちゃんと説明してお願いするつもりでいた。でも、ろくに話も聞かずに門前払いされ続けるうちに不安と焦りで頭の中がわーっとなって忘れてしまったのだ。

「でも、あたしたち、宿を取るお金もないんです。ナリアからヌーカへ移動している間に狼に襲われて、旦那さまが酷い怪我をしてしまって……」

「そんなの私の知ったことかい！」

怒鳴り声が夢の中まで届いたのだろうか。クライヴの腕の中の袋が、んううと小さな声を漏らした。

「何だいそれは。子供が中にいるのかい？」

即座に反応し、袋を凝視するノヴェッラに見えるよう、クライヴが袋の口を開ける。急に光が射し込み眩しかったのか、天使さまは顔をくしゃくしゃにした。でもそこは天使さま、下唇を突き出した不機嫌そうな顔をしていても愛くるしい。

ちっちゃな拳《こぶし》でぐしぐし顔を擦ると落ち着いたのか、またすやすやと寝息を立て始めた天使さまを、気がつけば全員が息を詰めて見守っていた。

「……起きないね」

小声で囁《ささや》くノヴェッラに、ニナも声を潜め答える。

「一週間は目覚めないだろうとのことでした」

「一週間⁉　何でだい！」

「ええっと、そういう病気に罹《かか》ってしまったみたい……？　あっ、伝染《うつ》る心配はないです。寝ていれば大丈夫なんですけど、こんな状態だっていうのに外に寝かせるなんて可哀想で……」

ノヴェッラの眉間《みけん》に縦皺《たてじわ》が寄った。ニナは素早くノヴェッラの正面に回り込んで膝を突くと、礼拝の時のように胸の前で両手を握り合わせた。

「女神さまに掛けて誓います。決して迷惑は掛けません。お嬢さまはこの通り眠っているから静かですし、部屋に入れてくださったら、あたし、三人分働きます。あたしは掃除も洗濯も得意ですし、読み書きや簡単な計算だってできるんです。賄いも一人分で構いませんから、お願い、できませんか？」

ノヴェッラはなおも苦虫を噛み潰したような顔で黙考していたけれど、天使さまのあどけない寝顔を見せた時点で勝ちは決まったようなものだった。

「一週間も眠り続ける病なんて聞いたことがないけど……仕方がない。いいよ、入んな。ただし！　仕事はきっちりして貰うからね。その子が目覚めたって休ませてなんかやらないよ」

何ていい人なんだろう！　ニナは顔を輝かせた。

「ありがとうございます。大丈夫です。この子の世話は旦那さまがしてくださいますから」

「この旦那がかい……？」

疑わしげな眼差しがクライヴに注がれる。疑っているのだ。この破落戸《ごろつき》にしか見えない男に、本当にそんなことができるのか。

子守りに苦手意識があるらしいクライヴも観念したのだろう、何食わぬ顔で頷いた。

「ああ」

ノヴェッラはふんとそっぽを向く。

「――洗濯室に湯浴みの準備がしてあるよ。三人とも身を清めな。部屋を汚したりしたら承知しないからね」

「ありがとうございます」

これで天使さまを綺麗にして差し上げられる。

洗濯室は裏庭の井戸から行き来しやすい場所にあった。風通しがよくて今の時期だと膚寒いけれど、水を零さないよう気を遣う必要がない。

ニナは水差しにたっぷり用意されていた熱湯を井戸水で割り、ちょうどいい温度にした湯で盥《たらい》を満たした。眠ったままの天使さまの服を脱がそうとするとクライヴが壁の方を向く。破落戸《ごろつき》みたいななりをしている割に、この男には妙に行儀のいいところがある。

丁寧に天使さまを洗い上げ、湯冷めしないよう急いで躯を拭いてやる。それからクライヴに湯を使ってもらうため、今度はニナが壁の方を向いた。クライヴは後でいいと言ったけれど、ニナにはまだ天使さまに服を着せるという大役がある。

背負い袋の中を漁る。汚れ物の中から掘り出した幾分綺麗な布で天使さまをくるんでいると、脇から腕が伸びてきて服を一枚攫っていった。クライヴが湯浴みを終えたのだ。本当にちゃんと洗ったのだろうかと思うほど早いけれどそれならと、天使さまの支度を終えたニナは道々摘んできた薬草を取り出した。

「あの、旦那さま、傷の手当てをします。嚙まれたところを出してください」

クライヴが大人しくシャツの袖を捲り上げる。天使さまは眠っているし、昼間だから客もほとんどいないのだろう。『春の微睡み亭』は眠くなりそうなくらい静かだ。

手当てをしながらニナは気になっていたことを問い質《ただ》す。

「あの、旦那さま？」

「何だ」

「女将さんに嫁扱いされた時、どうして否定しなかったんですか」

予想はついていなくもなかった。ニナ自身、女奴隷を買うような男など大嫌いだったからだ。

男は大抵女奴隷を欲望の捌《は》け口《ぐち》としても使う。奴隷は奴隷、どんな使い方をしてもその人の勝手だけれど、逆らえないのをいいことにか弱い女性に無体を強《し》いるなんて悍《おぞ》ましい。だから女性は皆、女奴隷を買う男を蛇蝎《だかつ》のごとく嫌う。きっとノヴェッラも例外ではない。でも、夫婦なら何をしようと誰も気にしない。侮蔑《ぶべつ》されることもない。だからクライヴはあえて誤解に乗ったのだろうと思ったのだけれど。

「奴隷と知られるのは厭だろうと思ったからだが、何だ、俺の妻と思われる方が厭だったか」

ニナははっとした。

女奴隷だと知られた場合、侮蔑されるのはクライヴだけではない。ニナもまた男たちにいやらしい目を向けられるようになるし、女たちには穢《けが》らわしいもののように扱われる。もしかしてクライヴは自分のためではなく、ニナが厭な思いをしないで済むよう話を合わせてくれた——？

ニナは濡れた髪からぽたぽた水滴を落としているクライヴを見つめた。無精髭と野放図に伸びた黒髪のせいで相変わらずむさ苦しく、洗ったはずなのに全然綺麗になったように見えない。むしろ洗う前より野生の猛獣味が増していて——物凄く怖い。

——この人がそんなことしてくれるわけない、か。

手当てが終わり、クライヴが眠っている天使さまを部屋へ連れていくと、ニナはほうと息を吐いた。次はニナが身を清める番だ。でもその前にと、ニナはノヴェッラに鋏《はさみ》を借りに行く。洗う前にこの酷い髪を何とかした方がいいと思ったのだ。

カウンターで帳簿を前にうんうん唸っていたノヴェッラは、すぐさま立ち上がって鋏を出してくれた。

「ついでだ、私が切ってやろう。自分で綺麗に切り揃えるのは難しいからね」

「ご親切にありがとうございます。でも、お仕事の途中だったんじゃありませんか？　申し訳ないですし、自分で……」

「見苦しい頭で私の店に立たれたら困るんだよ！　いいから大人しく頭を差し出しな！」

乱暴に帳簿を棚にしまったノヴェッラに背中を押され、ニナは洗濯室へと戻る。座れと命じられたので古びた木の椅子に腰掛け、脱げと言われたので汚い外套を脱ぐと、ニナが下にシュミーズしか着ていないのを見たノヴェッラが目を剝いた。

「何だいその格好は！　あんたの亭主は、金がないからって嫁の服まで売り払っちまったのかい⁉」

またやってしまったとニナは脱いだ外套を胸元に抱き締める。

「これは違います。服はその、そう、狼に襲われた時に破れてしまって」

「髪も狼にちぎられたのかい？　服が駄目になっちまったのに、躯は傷一つなく済んだなんて随分と幸運なことだねえ」

全然信じて貰えていない。しかも全部クライヴの仕業だと思われている。

「女将さん、本当にこれは旦那さまのせいでなくて」

「隠さなくっていいよ。わけありだってことは最初からわかってたんだ」

「わ、わけあり……？」

ニナは戸惑うばかりだ。ノヴェッラは何を言っているのだろう。

「そうでなきゃ若い女の子がこんなざんばら頭で外を歩くかい。可哀想に思って雇ってやったっていうのに、亭主まで乗り込んでくるなんてね。この髪もあの亭主の仕業なのかい？　もしあの亭主を何とかしたいってんなら手伝ってやるよ。暴力を振るわれるのが怖いってんならいい薬を扱ってる店を知っている。一服盛って、その間にふん縛っちまえば、子供を危険に晒されることなく全部片をつけられるよ」

驚いたことに、ノヴェッラはニナを保護するつもりで雇ってくれたらしい。ニナは一瞬迷った。ノヴェッラの提案に乗れば楽にクライヴを排除できる。正直、クライヴは怖いしいないに越したことはない。でも、一つ、無視できない問題があった。ニナが天使さまについて何も知らないということだ。

天使さまが女神さまの御許《みもと》から直接来たのなら話は簡単だけど、姿が幼な子だということが気になった。もし降臨されるのに人の子の腹を借り産み落とされる必要があったからだとしたら、天使さまにも母親がいることになる。

ニナはママが大好きだった。天使さまにとっても母親は特別な存在かもしれない。もしそうなら母親を探して差し上げたいけれど、どんな人でどこで暮らしているのか、きっと今の天使さまには説明できない。

まだ駄目だ。まずはクライヴの信頼を勝ち得て天使さまの情報を引き出さないと。排除するのはその後。油断させるためにも、それまでニナはクライヴの味方でいるべきだ。

「ありがとうございます。でも、そんなことしなくて大丈夫です。本当はこの髪は前勤めていたお屋敷が火事に遭《あ》った時に燃えてしまったんです」

ノヴェッラがはーっと溜め息をついた。

「それからずーっと整えもせず、ほったらかしにしていたって？　で、亭主も何も言わなかったと」

ニナは困ってしまった。言われてみれば、確かにおかしな話だ。

「ここには私とあんたしかいないんだから嘘なんかつかなくていいんだ。本当のことをお言い。あんたの亭主、アレ、あんたが勤めていた屋敷の馬鹿息子か何かなんだろ？」

住み込みの従業員を求める張り紙を見て宿の戸を叩いた時におおまかな職歴を話したけれど、一体何だってそんな誤解をしたのだろうとニナは驚く。ニナには破落戸《ごろつき》のようにしか見えないあの男が、ノヴェッラには貴族の御曹司に見えるのだろうか。

「あんたが亭主のことを旦那さま、子供のことをお嬢さまと呼んでいるのを聞いてすぐわかったよ。遠縁の子がやっぱり腹ぼてになって奉公先から返されてね、亭主のことを旦那さま、自分の子のことを坊ちゃまって呼んでたんだ。貴族といっても三男で爵位なんて継げない上、行状の悪い穀潰《ごくつぶ》しだったからこれ幸いと結婚させられちまってさ、実家は大きな宿屋をやっていて羽振りがよかったんだけど、亭主連れで娘が帰ってきちまってからは家の中も商売もしっちゃかめっちゃかさ」

身内が随分と酷い目に遭わされたのだろう。ノヴェッラの目は据わっていた。気の毒だが、クライヴは貴族の穀潰し三男ではない。と思う。多分。

「それはお気の毒だと思いますけど、旦那さまは大丈夫です」

「あの子もあんたと同じだったよ。目の周りが青黒くなってても、亭主を庇うんだ。下手なことを言って貴族に睨まれたら家族がどんな目に遭わされるかしれないって言って……まあいいさ、胸の裡《うち》を打ち明けたくなったらいつでもおいで。さ、髪を切ってやろう」

全然よくないけれど、ニナは大人しく背筋を伸ばした。べたついた藁色の髪が梳かれ、肩甲骨《けんこうこつ》の下辺りに鋏が入れられる。

しゃきんという小気味よい音と共に床に落ちた髪に、胸がきゅうっと苦しくなった。髪と一緒に、子羊の館で暮らしていた頃の無邪気だった自分が削《そ》ぎ落とされてゆく。あの頃の自分とはさよならだ。ニナのこれからの人生は天使さまと共にある。

散髪が終わると、残り湯で身を清めている間にノヴェッラがうちで働くのに変な格好はさせられないと、古着と古靴を持ってきてくれた。

少しくたびれてはいるけれど、清潔なシュミーズ。やわらかな色彩のワンピースチュニックは擦り切れかけているとはいえ洗濯済みだったし、傷《いた》んだ場所は繕《つくろ》ってあった。両脇を編み上げている紐を絞れば華奢《きゃしゃ》なニナにもぴったりだ。丈は少し短めで足首が見えてしまっているものの、忙しく立ち働くにはちょうどいい。短くなった髪を左右に分けて三つ編みにしたニナが長さの足りない髪が編み目から飛び出してしまうのを気にしながら宛てがわれた部屋に行くと、クライヴは寝台に寝転がっていた。ニナが入ってきたのに気がつくと、頭の下で組んでいた手を解いて起き上がり——ぴたりと静止する。

まじまじと見つめられ、ニナは落ち着かない気分になった。

「お待たせしました。あの、髪を切ったんですけど、変でしょうか」

「いや、似合っている。……その服も」

似合っている？

……似合っている⁉

まさかクライヴに褒められるとは思っていなかったニナはどぎまぎした。

「女将さんのご厚意でいただきました。お嬢さまの分も貰ったので、着替えさせていいですか？」

「ああ」

ニナの問いに頷くと、クライヴはベッドの端に腰掛け背を向けた。

天使さまに仮に纏わせていた布を剝くと、ぷりぷりの艶々になったお膚が露《あら》わになる。

ふっくらとした頰も林檎色《りんごいろ》に色づき美味しそうだ。

早く目覚めるよう願いを込めて額にキスしてから服を着せる。その後は洗濯室に戻って汚れ物を洗った。夕食は露店で買ってきたもので済ませる。返金された宿賃は残り僅かだけど、明日からニナには賄いが出るし、一日の終わりには日当が出るから足りるだろう。

腹が満たされると眠気が襲ってきた。何度もあくびを嚙み殺しているとクライヴが気づく。

「眠いなら寝ろ」

ニナはほっとした。お姉さまたちが男なんて獣のようなものだと言っていたから色々と覚悟していたけれど、今夜はクライヴも疲れているのだろう。寝かせてくれる気らしい。

ニナは外套を手に床に下りる。

「――おい。なぜ床に下りる」

「？　だって、寝台は一つしかありませんし……」

ニナは奴隷だ。そして奴隷が主と同じベッドで寝ていいわけがない。だが、寝転がるより早く腕が伸びてきて、ニナを寝台の上へと引っ張り上げた。

「ここで寝ろ」

「でも」

用意された寝台は一人用だ。三人で寝るには狭すぎる。

「うるさい、逆らうな。命令だ」

床に戻ろうとしたら肩を押され、後頭部がシーツについた。押し倒されたような体勢に少しだけドキッとしてしまったけれど、ニナは気づいてしまう。

クライヴの手が異様に熱い。噛み傷のせいで発熱しているのだ。

クライヴはすぐニナの上から退くと、すうすうと寝息を立てる天使さまの向こうに横たわった。

奴隷が主と一緒の寝台で寝るなんて、ニナの常識ではありえないことだけれど。

「あの……ありがとうございます……」

小さな声でお礼を言うと、ぼそぼそと返事が戻ってきた。

「いいからもう寝ろ。ツムギの異能は傷や痛みを取り去るだけで、失った血や消耗した体力は戻せない。しっかり躯を休めておかないと倒れるぞ」

クライヴは酷い怪我から回復したばかりのニナをいたわるつもりで早く寝かせてくれようとしているのだろうか。それともニナに稼いで貰わないことには困るからだろうか。

——うーん……。

ニナは寝返りを打つのも難しいくらい狭苦しい使用人用の寝台の端で目を閉じた。

発熱しているとはいえこんな男の傍である。きっと眠れないと思ったのに、泥のように眠ってしまったらしい。翌朝の目覚めは爽《さわ》やかだった。

まだ夜が明ける前だったけれど、ニナは静かに寝台から抜け出す。

「仕事に行ってきますね。旦那さまはまだ寝ていてください」

静かに扉を開けて廊下に出ると、ニナは足音を忍ばせ同じ一階にある酒場に向かう。

＋　＋　＋

それから六日後の夜、天使さまが目覚めた。

ちょうどニナは仕事を終え、部屋に戻ってきていた。貰った日当をクライヴに渡してその日あったことを報告していると、もぞもぞと何かが動く音がして、上掛けの下からふくふくとした拳がぐうっと突き上げられたのだ。

「ん、むう……」

力んでいた小さな躯が弛緩し、ぱちりと目が開く。

ニナはベッドの横に跪いた。まだ頭がはっきりしないのかぼうっと空を見つめる天使さまの顔を覗き込んでおはようございますと挨拶すると、菫色の瞳が動いてニナを映す。

「おあよ、ごましゅ」

眠たげな挨拶。ちっちゃな手を口元に当てて大欠伸《おおあくび》をすると、天使さまはふとニナの後ろへと目を遣り、固まった。クライヴに気がついたのだ。

またた。

呼吸がどんどん浅く速くなり、目の表面に涙の膜が張る。やっぱり国元での話は嘘で、天使さまはクライヴによってどこかから攫われてきたに違いない。えくっと天使さまが喉を震わせると、クライヴは諦めたような顔で立ち上がり、外套を掴んだ。

「――出掛けてくる」

「えっ、あの、待っ」

て、と言うより早く長躯が部屋の中から消え、取り残されたニナは溜め息をついた。腕の腫《は》れは引いたもののまだ微熱があるようだったのに、どこへ行くつもりなのだろうと思いつつ、天使さまと対峙《たいじ》する。

「お嬢さま、ご気分はいかがですか？」

天使さまはくすんくすんと鼻を鳴らすばかり。返事をしてくれない。ニナは質問を変えた。

「お腹空《す》いてませんか？　何か飲むものを持ってきましょうか？」

今度はこっくりと頷いたので、白湯《さゆ》を貰ってきて渡す。天使さまはマグを両手に持ってんっくんっくと飲み干すと、最後にけぷうと可愛い溜め息を漏らした。

「お嬢さま、あたしのこと、覚えてますか？」

天使さまがじーっとニナを見つめる。

ニナが天使さまと過ごした時間はほんの僅か、しかも最初は顔の半分が焼け爛れていたのだから、わからなくても無理はない。

「あたし、お嬢さまに灼けた顔や欠けた指、失った声や腐りかけた足を治していただいた、ニナです」

天使さまは白い睫毛をぱしぱしと瞬かせると、真剣な顔で身を乗り出した。ぺたぺたとニナの顔や躯に触り始める。

「ふ、ふふっ、くすぐったいです、お嬢さま」

ニナが笑いだすとほんの少しだけど天使さまの表情もやわらぐ。でも、笑ってはくれない。もしかしたら天使は人の子のように笑ったりしないのかもしれない。

満足したのか、ニナに触るのを止めると、天使さまはきょときょとと周囲を見回した。

「お嬢さま、ここはヌーカ……狼がいた森の近くにある街です。あたしたちがいるのは、宿屋の使用人部屋で、しばらくの間ここに滞在します。あっ、ヌーカではあと一月《ひとつき》もすれば花祭りが始まるそうです。外つ国からも見物客が来るくらい華やかだそうですよ」

天使さまはこっくりと頷くと、とろんとした目元をこしこし拳で擦った。

「もしかして、また眠くなってしまいました?」

多分、まだ本調子ではないのだ。もそもそと上掛けの下に潜ろうとする天使さまの寝具を整えてやるとニナは自分の外套を床に広げた。今まではベッドで一緒に寝ていたけれど、それは天使さまが眠っていたからできたことだった。天使さまにしてみればニナは知らない大人、一緒に寝ようとしたらびっくりするに決まっている。

「おやすみなさい、お嬢さま」

床に横になると、寝たはずの天使さまの顔がベッドの上から覗いた。

「どうしたんですか? 眠いんですよね? 寝ていいんですよ?」

天使さまの唇が引き結ばれる。

寝台の上に腹這《はらば》いになって両手を伸ばした天使さまにぐいぐい引っ張られ、ニナは六日前の夜、床で寝ようとしたらクライヴに怒られたことを思い出した。

「ええっと、もしかしてベッドの上に来て欲しいんですか? お嬢さまと一緒に寝ていいってことですか?」

躯を起こして尋ねると、こくこくと頷く。添い寝を許してくださるなんて、天使さまは何て慈悲深いのだろう。

ニナは外套を畳んで元の場所にしまうと、いそいそと天使さまの隣に横たわった。天使さまは菫色の瞳でじいっとニナを見ている。

「ありがとうございます、お嬢さま。おやすみなさい、いい夢を」

そう言って目を閉じてしばらくすると、あたたかな体温が胸元に擦り寄ってきて、ニナは子爵家で赤ちゃんを抱かせて貰った時のぬくもりを思い出した。

ニナにはあの子を救えなかったけれど、今度は失敗しない。天使さまのことは必ず守る。負うと決めた責務の重さに伏せた目蓋が震える。

夜がしんしんと更けてゆく。

＋　＋　＋

花祭りまであと二週間となった。

宿屋が建ち並ぶ通りはまだ静かなものだけれど、『春の微睡み亭』だけは違う。提供される料理がどれも値段の割に量が多く、濃い目の味つけが何とも美味で酒に合うため、ここだけは一年中地元客が絶えないのだ。

厨房を一人で切り盛りしている人のよさそうな猫背の大男の名はジョット。ノヴェッラの夫だ。

宿屋が忙しくなるのは花祭りが始まってから。ノヴェッラはそれまでニナに酒場の接客をさせながら少しずつ客室の掃除や宿泊客の応対の仕方を教え、花祭りまでに仕上げる心積もりだったようだ。でも、前職でも食事の支度から庭仕事まで手伝っていたニナに死角はない。

「いらっしゃいませ！　一昨日ぶりですね、カルロさん。こちらの席にどうぞ」

『春の微睡み亭』が開店する昼飯時と夕暮れ、扉が開くたびにニナの朗《ほが》らかな声が響く。

「あっ、ドニさん！　今日はドニさんが好きなお魚が入ってますよ。脂が乗っていたから、きっと美味しいです」

年季の入ったカウンターやテーブルを次々と埋めてゆく汚れた仕事着を纏った男たちは、いずれも体格がよく押し出しが強かったけれど、ニナが物怖《ものお》じすることはない。どの客も満面の笑みで迎え入れ、たっぷりと布を使って仕立てられた前掛けを翻らせくるくる働くニナを、同じく白い前掛け姿のノヴェッラが捕まえる。

「……あんた、もう全部の客の顔と名前を覚えたのかい？」

ニナは細い首を傾げた。

「？　はい。あたしが以前勤めていた貴族のお屋敷では、一度会った人の顔と名前は必ず覚えなきゃ駄目でしたから」

すぐ横の席に座っていた厳つい禿頭《はげあたま》の男が、盗み聞きしていたことを隠しもせず野太い声を上げる。

「へえ、あんた、貴族に仕えていたのか！　道理で立ち居振る舞いが違うわけだぜ。あんた、名前だけじゃなく頼んだ品も覚えてるだろ」

「もちろんです」

「凄えな」

周囲の客たちもうんうんと頷いた。照れくささにニナは、持っていた盆を抱き締める。

「そんなことありません。お姉さまたち——あ、先輩メイドのことです——も全員できてましたし。きっと皆さんだって、その気になればできます」

「いや、できねえから！」

あちこちから呆れたような声が上がる。マルティン子爵の屋敷でもおかしいと言われたけれど、本当に子羊の館では当たり前のことだったのだ、できないわけはないのになあと思っていると、ノヴェッラが大きな溜め息をついた。

「もしかしてそのお姉さまたちはみんな、ニナみたいにベッドを整えさせれば皺一つなく仕上げ、掃除をさせれば窓の桟《さん》まで拭くのが当たり前、酒場に放り込めば初めてでもニコニコ完璧に接客をこなせるのかい？」

「あたしみたいに？　……とんでもありません！」

ようやくニナの口から出た否定の言葉にほっとした空気が流れたものの、続く言葉に戦慄が走った。

「お姉さまたちはあたし以上に何でもできるだけでなく、美人で、誰でも好きにならずにいられないくらい魅力的な人たちばかりでした。あたしなんて足下にも及びません！」

「へえ……そんな女神さまみたいな人がいるもんかねえ……」

ニナはくすんだ藁色の睫毛を伏せる。

ニナは知っている。今はこんな風に言ってくれているけれど、この人たちだってお姉さまを見ればニナになど目もくれなくなる。子羊の館の数少ない男性使用人も、たまにおつかいで行く街の人たちもそうだった。皆、お姉さまのすることなら何でも褒めそやして気を引こうとするのにニナに対しては気もそぞろ。何をしたところでふーんと流すだけだったのだ。

でも、今、ここに、お姉さまたちはいない。だからだろう、ちょっとしたことでも褒めて貰える。皆、ちゃんとニナのことを見てくれる。それがとても心地いい。

肩を竦めつつノヴェッラが厨房に引っ込むと、カルロがニナを手招きした。

「どう？　ニナちゃん。『春の微睡み亭』の仕事は続けられそ？」

「もちろんです。どうしてですか？」

「ここの女将は厳しいだろう？　そのせいで新しい子が入っても長続きしないんだよ」

周りの常連客たちも話に加わる。

「根はいい人なんだけどなあ」

「ニナちゃんは？　女将さん、怖くない？」

むさ苦しい男たちにニナは全然と微笑んだ。

「あたし、以前は貴族のお屋敷で働いていましたから。旦那さまは素晴らしい方でしたけどお客さまは優しい方ばかりじゃなかったですし、優しくても貴族ですから、一つでも受け答えを間違えたら命に関わる大ごとになっちゃうでしょう？」

皆、ぎょっとした顔になったけれど、高貴な人の下で働くのは、本当に大変なことなのだ。

「女将さんは確かに厳しいですけど、命の危険を感じることはないですし、貴族のお屋敷で働くのに比べれば全然気楽です。ここには王さまから賜《たまわ》った壺がその辺に飾ってあったり、外つ国から大枚払って取り寄せた絨毯《じゅうたん》が敷かれていたりすることもないですし」

高価な品を割ったりエールを零して汚してしまったりするところを想像してしまったのだろう。常連客たちは震え上がった。

「お、おお……貴族の屋敷で働くのって大変なんだな……」

「金にはなりそうだがな」

「貴族のお屋敷での仕事を辞めたのって、やっぱ怖くなっちゃったから？　にしても何だってこんなちっぽけな酒場で働くことになったわけ？」

「それは——」

ニナが答えるより先に、両手に二つずつ皿を持って戻ってきたノヴェッラが答えた。

「この子はね、貴族の馬鹿息子に孕《はら》まされて屋敷にいられなくなっちまったんだよ」

「えっ？　子供⁉　ニナちゃん、子供がいるの⁉　こんなに若いのに⁉」

カルロが大きな声を上げる。そうしたら店のあちこちから椅子の脚が木の床を擦るがたがたという音が上がった。

ノヴェッラの口は止まらない。

「そうさ。しかも具合の悪い子がね。今もろくでなしの亭主と一緒に部屋にいると思うよ。あの子は目覚めたのかい、ニナ」

「それは、はい、おかげさまで」

「亭主はあの子の面倒をちゃんと見ているのかい？」

ニナは口籠《くちご》もる。ニナもまたその点については不安に思っていたからだ。

天使さまはいまだにクライヴの顔を見ると脅えた様子を見せ、泣きだすこともあった。多分、泣く天使さまを持て余してのことだろう、ニナが仕事を終えて部屋に戻ると、クライヴが閉じた扉に背中を預け廊下に座り込んでいることがよくある。

「ええと多分、大丈夫です」

嘘は目元に力を入れて正々堂々とつくものよとお姉さまが教えてくれたのに、うっかり目を泳がせてしまったニナをノヴェッラは見逃さなかった。

「多分⁉」

興味津々の常連客たちもまた無責任にくさし始める。

「何だ、ニナちゃんとこは、旦那が子の面倒を見ているのか」

「嫁を働かせて自分は子守りなんて、随分軟弱な男だな」

「ニナちゃんの旦那ってヒモなのか？」

ニナは蒼褪《あおざ》めた。このままだとクライヴは軟弱なヒモだということになってしまう。

「あの、違います。あたしの旦那さまは怪我をしていて――」

立て直そうとするニナに被せるようにノヴェッラがまくし立てた。

「そうさ。それだけじゃない、昼間この子に稼がせた金で、毎夜街に繰り出すクズさ」

「女将さん……」

確かにクライヴはニナが部屋に戻るとどこかに出掛けていってしまって朝まで帰ってこないけれど、遊んでいるとは限らない。でももう面倒くさいからそういうことにしてしまおうかと、投げやりに思った時だった。

喧噪《けんそう》がふっと絶えた。客たちの視線を追い、ニナは固まる。

店の入り口に闇が凝《こご》っていた。

――ううん、違う。いつものように黒を纏ったクライヴだ。

「旦那さま？」

クライヴが店内を睥睨《へいげい》すると、客たちがさっと目を逸らす。空いているカウンター席を目指して歩きだせば、途上に座っていた客たちが皆、ガタゴトと音を立てて椅子を引いて道を空けた。

――変だ。

たまに来る余所者《よそもの》が注目を集めてしまうことはこれまでもあったけれど、こうも静まりかえりはしなかった。椅子を引いた客たちなど、脅えてさえいるようだ。でも今はそんな観察をしている場合ではない。ニナは店の一番奥、誰もいなかったカウンターの端に落ち着いた男の元へと急いだ。

「どうしたんですか？　お嬢さまに何かあったんですか⁉」

仕事中のニナにわざわざ会いに来るような用事など他に思いつかない。でも、クライヴはうっそりと首を横に振った。

「いや。あれならよく眠っている」

「それならいいんですけど……。じゃあ、どうしてここに？　今までお店に来たことなんかないですよね？」

「仕事が決まったことを知らせに来た。今日から北街区で用心棒として働く。住み込みだ」

「え……？」

ニナはまじまじとクライヴを見つめた。どういうことだろう。

「時々様子を見に来るが、何かあったら『ひなぎく』という店を訪ねろ。ツムギのことはおまえに任せるが外には出すな。花祭りが近づくと外つ国からも人がやってきて危険だからな」

混雑するから、迷子になったり事故に遭ったりしやすいということだろうか。いやそれよりも。クライヴが『春の微睡み亭』からいなくなってしまう……？

ニナは狼狽《ろうばい》した。いくらでも機会はあるとゆっくり構えていたのが仇《あだ》になった。『春の微睡み亭』から出ていかれたら、必要な情報が引き出せなくなってしまう。

「あっ、あの！　あたしの稼ぎじゃ、足りなかったってことですか？　それならあたし、もっと頑張ります！　だから……」

「必要ない」

「じゃあ、どうして。それに旦那さまが外に働きに出たら、お嬢さまのお世話は一体」

「ツムギは賢い。部屋でいい子にしていろと言えばその通りにする。心配なら同じ建物の中にいるんだ、時々様子を見に行けばいい」

かあっと躯が熱くなった。この人は何を言っているのだろう。天使さまはまだ小さいのだ。一人で留守番させていいわけがない。そもそもこの人はいつ『ひなぎく』とやらに行って仕事を決めてきたのだろう。ニナのいない間は天使さまの傍についてくれているのだと思っていたのだけど、違ったのだろうか。

色々と言いたかったけれど、ニナは喉元まで込み上げてきた言葉を呑《の》み込んだ。お姉さまたちが言っていた。優しそうに見えても男は女を下に見ているから、少し注意しただけでも怒ることがあると。どういう言い方をすればクライヴの気を悪くすることなくわかって貰えるだろう。

黙り込んでしまったニナに向かってクライヴが躯を傾ける。近すぎる距離に緊張するニナの耳に、密やかな声が流し込まれた。

「それに、ツムギのためにも俺はいない方がいい」

ニナははっとした。もしかして、天使さまが恐がるから？　だから旦那さまは他で仕事をすることにしたの？

——それって——。

思わずクライヴの外套を握ったニナの手を、クライヴは上から摑んで外した。

「すぐ来て欲しいと言われている。もう行く」

ニナにはもう機械仕掛けの人形のように頷くことしかできなかった。

「あの……、いってらっしゃいませ。お気をつけて」

闇が揺らぐ。

踵《きびす》を返したクライヴが静まりかえった客たちの間をするりと抜けて夜の街へ消えると、喧噪が息を吹き返した。

「あれがニナちゃんの旦那だったのか……」

カルロが緊張に凝り固まった肩をぐるぐる回し、ごきんと首の関節を鳴らす。

「随分と年上なんだな。貴族のどら息子だというからてっきり若造だと思っていた」

「つか、誰だよ軟弱なんて言ったヤツは。とんでもねえ強面《こわもて》じゃねえか！」

ノヴェッラも常連客たちと一緒になって吐き捨てる。

「私はああいう男は嫌いだよ。こんなにいい嫁がいるってのに浮気して、悪びれる様子もないんだからね。私はもうニナが可哀想で可哀想で」

「……別に、夜出掛けるから浮気しているとは限らないと思います」

空になったマグを回収して歩きながら、ニナが妻らしく夫を庇うと、ノヴェッラは大《おお》仰《ぎょう》に両手を広げた。

「何言ってんだい、ニナ。ここはヌーカだよ⁉」

「ヌーカだと何なんですか？」

「知らないのかい？　ヌーカにはこの国一番の歓楽街があるって。ここじゃ花を買うように女を買えるのさ」

ぱちんと頭の中で何かが嚙み合ったような気がした。

「あ、別の花って、もしかして春をひさぐ人たちのこと……？」

しっくりしなかったことが全部綺麗に繋がっていく。

「金がないって言うから一緒に住み込むことを許してやったのに、とんでもない男だよ。『ひなぎく』っていうのもどうせ娼館か何かなんだろ？」

すぐ傍の席で魚料理をつついていたドニが苦笑しつつ教えてくれる。

「娼館は娼館でも『ひなぎく』は一見《いちげん》さまお断り、高位貴族御用達《ごようたし》の超高級な店だな」

「超高級店！　これだから貴族のボンボンは！　ニナ！　あんた、悔しくないのかい⁉　汗水垂らして稼いだ金を他の女と遊ぶために使われてさあ！」

悔しいも何もない。ニナはクライヴの妻ではなく、奴隷だ。

「それは……いいんです。だって、あたしはあの人のものだし、あたしのものもあの人のものなんですから……」

ただ、ほんの少し胸の中がざわざわするだけ。でもそれは仕方がない。夫も子もいる役柄を演じているけれど、ニナはまだ清らかな乙女なのだから。

「っかーっ！　俺もそんなこと言われてみてー！」

「ニナちゃんって、旦那のことが大好きなんだな」

どこからともなく聞こえてきた声に、ノヴェッラがきっとなった。

「何だって⁉」

「そういきりたつなって。あの旦那だって捨てたもんじゃねえんだぜ？　何つったってあの『ひなぎく』に腕っ節を見込まれて、是非用心棒になってくれと望まれて雇われることになったんだからよ」

ノヴェッラとニナは揃って男を見つめた。

「どういうことですか？」

「何であんたがそんなことを知ってんのさ」

男はくっくと喉で笑うと、空になったマグを掲げおかわりを強請《ねだ》った。

「ここにいるヤツは大抵知ってるぜ？　今日の昼下がり、あの旦那が『ひなぎく』の前で大立ち回りをしたってな」

「大立ち回り？　そういえばあの辺でのさばっていた柄の悪い連中が流れ者にこてんぱんにされたって話を聞いたけど……」

「そう、それだ。その流れ者ってのがさっきの旦那だよ」

カルロが堰《せき》を切ったように喋りだす。

「いやはや、凄かったんだぜえ。相手は十人もいるのに一人でさあ。ちぎっては投げ、ちぎっては投げ」

「見ていて鳥膚が立つ強さだったぜ」

さっき客たちがクライヴに大仰に反応したのは、だからだったらしい。いやそれよりもとニナは改めて思う。クライヴは一体いつから天使さまをほったらかしにして出掛けていたのだろう。ニナは持っていたものを置いた。

「女将さん、すみません。ちょっとだけお嬢さまの様子を見に行ってきていいでしょうか」

クライヴが行ってしまったということは、幼な子は今、部屋に一人だ。ノヴェッラもそのことに気づいたのか、真剣な顔になる。

「いいよ。すぐ行っといで。何なら連れてきな！」

ニナが大急ぎで部屋に戻り、そうっと扉の中を覗いてみると、ベッドの上でこんもりと膨らんだ上掛けの山がゆっくり上下に動いていた。足音を立てないように近づいて毛布を捲り上げたニナは胸を撫で下ろす。

天使さまは眠っていた。

――天使さまは賢いに決まっているし、普通の子供のように少し目を離したくらいで怪我しないかもしれないけど、一人で留守番させるなんて。

旦那さま、許すまじと、ニナは拳を握り締める。

＋　＋　＋

翌朝、夜明け前に目覚めたニナは、寝ぼけ眼のまま寝台の端までのそのそ這っていくと、思いきり手を伸ばして窓を開け放った。

新鮮な空気が部屋の中に流れ込んでくる。真冬のような寒さはもうないとはいえ、夜明け前の空気は冷たく、気持ちが引き締まるようだ。

今日は自分が働いている間天使さまをどうするか、ノヴェッラたちと相談しなければならない。

んうぅという唸り声に振り返ると、上掛けの山がもぞもぞと動いていた。天使さまが目覚めたのだ。

昨夜、寝台で眠っていた天使さまを、ニナは外套でくるんで酒場へと連れていった。その後は仕事が終わるまで元々野菜が入っていた空き箱の中で寝かせていたのだけれど、天使さまは一度も目を覚まさず、何なら仕事を終えて部屋に戻ってからも眠り続けた。朝、ちゃんと目覚めてくれるか心配だったのだけれど、どうやらただ眠りを必要としていただけらしい。

——それにしても、寝すぎじゃない？　これもあたしの傷を癒やしたせいなんでしょうか。

上掛けの中にすっぽり潜り込んで躯を丸めていた天使さまが、もたもたと這い出してくる。艶々の純白の頭が外に出たら、短い両手をちまっと揃えて上半身を起こして。ぺたんとお座りした天使さまは辺りを見回した。

「おはようございます、お嬢さま」

ニナが挨拶すると、純白の頭がかくんと前に倒れる。

「おあよ、ごましゅ」

可愛いつむじを披露した天使さまは顔を上げ、短く丸みを帯びた指を口元に当ててくあと大きな欠伸をした。それからニナの隣に来ると、寝台の柵を摑んで窓の外を眺める。

「あえ、なに?」

短い人差し指で指された先には、飾りつけが進みつつある山車があった。

「山車ですよ。花祭りが始まったら、街中を引き回すんですって。てっぺんまで全部お花で覆われて、それは綺麗だって話ですよ。お嬢さまはお花、お好きですか?」

また純白の頭がかくんと前に倒れた。

「しゅき」

――しゅき、かあ。

舌足らずな一言といとけない仕草に、礼拝堂で祈るより心を洗われる。女神さま朝からありがとうございますと両手を握り合わせたところで、膝立ちを止めてお尻をぺたんと落とした天使さまが頭を擦り寄せてきた。

「くーあ？」

「くー……？」

何を聞かれたのかわからず首を捻《ひね》ったニナははっとする。

「もしかして、旦那さま……クライヴさまのことですか⁉」

また、かくん。

うっかりあの大きくて黒くて怖そうな男が天使さまに『くー』と、微笑ましいにもほどがある愛称で呼ばれているところを想像してしまったニナは吹き出しそうになった。

「旦那さまはお仕事です。そのうち顔を出してくださると言っていましたから、それまでニナで我慢してくださいね。さ、お腹が空いたでしょう？　顔を洗って、ごはんを食べに行きましょう」

「あい」

抱き上げようとすると、天使さまは躯をこちらに向け両手を上げた。

こうしていると普通の子みたいなのに、やっぱり天使さまは笑ってくれない。生真面目な顔をしていてもこんなに可愛いのだから、笑ったらどんなにか可愛いだろうと思うのに。

それにしても、『くー』か。行方を気にし愛称で呼ぶということは、懐いていたというのもあながち嘘ではなかった……？

庭に出て、井戸で顔と手を洗ってから酒場に向かう。今日からクライヴがいないから、天使さまの食事もニナが用意しなければならない。でも部屋に食べるものなどないし、こう早くては店も開いていないから、今日のところは自分の朝食を分け与えてしのぐ以外ない。

扉をノックして入った酒場は、ノヴェッラがいるだけでがらんとしていた。

「おはようございます」

テーブルの上には昨夜掃除をした時のまま、逆さにした椅子が載っている。帳簿を検めているノヴェッラの眉間には朝だというのに深い皺が刻まれていて、ニナへの返事も上の空だ。

「ああ、おはよう……」

「おあよ、ごましゅ」

天使さまがニナに倣って挨拶すると、ノヴェッラの頬がぴくりと痙攣した。目が帳簿から天使さまへと向けられる。

「……おはよう」

険のある青い目に見捉えられた天使さまはびくっとすると、ニナの胸に顔を埋めた。

「女将さん、申し訳ありませんが、お嬢さまもここで一緒に朝食を取らせてもらっていいですか？　あたしの賄いを分けますからご迷惑はかけません」

ノヴェッラの眉がぴくりと上がる。

「駄目だね。ジョットの味つけが濃いのは知っているだろう？　乳離れしたばかりの幼な子にはよくない。それにニナ、あんた、それで夜まで保つのかい」

けんけんと言われ、ニナも天使さまの腹に顔を隠したくなった。

「あ、明日からお嬢さまの分は、あたしの方で用意しておくようにしますから……」

「いつ、どうやってだい」

ニナは仕事が早いけれど、それでも毎日いっぱいいっぱい、私的な買い物に出られるような時間はない。ニナが言葉を詰まらせると、ノヴェッラは勝ち誇ったような顔をして帳簿を閉じた。

「ふん。これから花祭りが終わるまで逃げたりせず働いて、ついでにこれも片づけると誓うならその子の分の食事も用意してやる。どうだい？」

もちろんニナに否やはない。もとより最後まで勤め上げるつもりだったし、ノヴェッラが書類仕事を苦手としていることにも気づいていた。いつ溜め込んだ帳簿を引き取ろうかと思っていたくらいである。

「ありがとうございます。逃げたりなんかしませんし、帳簿も頑張らせていただきます！」

ニナの返答に満足したのだろう。ノヴェッラが右手を掲げ、ぱちりと指を鳴らす。するとジョットが厨房から顔を覗かせた。

「ニナちゃん、ほら、お嬢ちゃんの分だ」

カウンターにことりと置かれたプレートの上には、湯気の立つミルクが入った小さな木の器《うつわ》ややわらかく野菜を煮たもの、皮を剝いて食べやすいよう切り分けた果物といったものが美味しそうに盛りつけられていた。果物もミルクも庶民の食卓にはなかなか載らない高級品だ。何のことはない、ジョットもノヴェッラも天使さまに食べさせるつもりで初めから用意してくれていたのだ。

「こんなに色々、ありがとうございます。ほら、お嬢さま。とっても美味しそうですよ」

ニナは椅子に天使さまを座らせ、プレートを運ぶ。菫色の瞳はプレートに釘づけだ。

続いてカウンターに並べられた料理と白湯の入ったマグを運び、帳簿を片づけたノヴェッラや、厨房から手を拭きつつ出てきたジョットと共にテーブルを囲む。大人たちの賄いは、昨夜大人気だった肉団子入りのシチューと硬いパンだった。

「食べていいですよ」

天使さまはじいっとニナの顔を見るばかり。食べようとしないので許可してみると、小さな手が大きな匙をしっかりと握り締めた。パン粥《がゆ》をすくい、ぼたぼた零しながらもあぐりと食いつく。

ぎゅっと目を瞑って、むぐむぐむぐ。しっかり嚙んで吞み込むと、菫色の瞳が見開かれた。お気に召したらしい。あっという間に食べ尽くす。

「にーにゃ、もっと」

いくら何でもおかわりまで強請《ねだ》るわけにはいかないと思ったけれど、ジョットが恐縮するニナの肩を叩き、厨房に用意しに行ってくれた。夢中になって食べている天使さまの頬に、ノヴェッラが手を伸ばす。

「そんなに焦らなくたって、誰も盗《と》りやしないよ。ほら、慌てるからほっぺたについちまってる」

口調こそ怒っているようだったけれど、野菜の欠片を取ってやるノヴェッラの手つきは優しい。これなら仕事中、天使さまをどうするかという相談にも親身になってくれそうだと思ったニナが話を切りだすより早く問題は解決した。

「亭主は娼館に行っちまって帰ってこないんだろう？　ニナが仕事している間、この子は廊下で遊ばせせな」

一階の廊下に客は入れないし、厨房からも店の奥からも、好きな時に天使さまの様子を見ることができる。

「そうしていただけるとありがたいですけど、いいんですか？」

「私がそうしなって言ってんだ。いいに決まってるだろ。朝食を食べ終わったら廊下の片づけをしな」

「はい！　お嬢さまも女将さんとジョットさんに、ご馳走さまとありがとうって」

「あい」

なぜか両手を伸ばして催促する天使さまを椅子から下ろすと、よた、よた、と歩いていってジョットの足に抱きついた。

「あり、あとー」

一体誰がこんなお礼の仕方を教えたのだろう。最高のご褒美にジョットの顔が蕩《とろ》ける。

「どういたしまして」

続いてノヴェッラにも『ぎゅっ』と『ありあと』が贈られた。なぜか涙ぐんだノヴェッラを不思議に思いながら食べ終わった食器をカウンターに運ぶと、ニナは廊下に置いてあったいくつかの木箱を食料貯蔵庫に詰め込み、砂っぽかった床を拭く。終わった頃にジョットに頼まれたと、近所に住む常連客の一人がやってきて、厨房に繋がる扉を腰ほどの高さの柵に取り替えてくれた。

天使さまを廊下に入れてやると、よた、よた、よた、と端から端まで見て歩く。最後に柵に歩み寄り両手で掴まった天使さまは、ぺたんと尻を床につけて、厨房の中を興味津々眺め始めた。ここにいてくれれば料理を取りに来るたびに姿を確認できるから安心だ。

「ジョットさん、柵までありがとうございます」

改めて礼を言うと、ジョットは辺りを見回してノヴェッラがいないことを確かめてから教えてくれた。

「ありがとうを言うのはこっちの方だよ。ノヴェッラは例の遠縁の子を随分と可愛がっていたんだが、あんまりああだこうだと口を出すものだから煙たがられて、子供にも会わせて貰えなくなってしまってね。ああ見えて子供好きだから、すっかり消沈してしまっていたんだ。でも、ニナちゃんのお嬢ちゃんのおかげで、元気を取り戻せそうだ」

「……そうだったんですね……」

きついことを言う割には優しいと思ったら、そういう事情があったのかとニナは納得する。よく無茶苦茶なことを言いだすのも遠縁の子にニナを重ねていたからだったのだ。

あっという間に昼になり酒場を開けると、いつも雇い人たちを引き連れてきてくれる近所の仕立屋がカウンターにやってきた。男たちは昼も水代わりに酒を呑むし、酒が運ばれてくるのが待ちきれないとカウンターまで取りに来る。

「ん？　その子、誰だ？　ジョット、おまえの孫——にしては似てねえな。もしかして、ニナちゃんの子か⁉」

天使さまに気がついた仕立屋が大声を出す。たちまちカウンターに鈴なりになった男たちに、柵の向こう側で木製の器を並べ一人遊びしていた天使さまが固まった。

「てことはこの子、あのおっかない男の血を引いているのか！」

「にしては可愛いなあ」

「お嬢ちゃん、いくつ？　おーい、聞こえてる？」

仕立屋一行は子供好きの集まりでもあったらしい。わあわあと話し掛けるさまを見て興味を引かれたのか、いつもは大人しく座っている客までカウンターを覗きに来る。でも、天使さまと客たちの間にはジョットが仕事をしている厨房がある。問題ないとニナは思っていたのだけど。

手入れのされていない髪をわさわささせた無精髭の男が仕立屋たちの間からぬっと顔を出した途端、からんという音が響いた。天使さまが玩具にしていた木の器を落としたのだ。不潔感のある男を凝視する天使さまの愛らしい唇が歪む。菫色の瞳がみるみる潤《うる》んでいくのに気がついたニナは厨房に飛び込んだ。

「お嬢さま⁉」

「……うっ……、うえ……っ」

天使さまが泣いている。顔を真っ赤にして。哀しそうに。

ノヴェッラが、どきな酒が運べないじゃないかと男たちを追い払ってくれたので、ニナは毛布に顔を押し当て蹲《うずくま》ってしまった天使さまを落ち着いて慰めることができた。

なぜ、天使さまは泣きだしたのだろう。ここにいるのはクライヴではなく黒っぽい髪を汚らしく伸ばした無精髭の男なのに。

クライヴに似ているからだろうか。あの男がクライヴでないことくらい、天使さまならわかりそうなものだけれど——。

頭の中で白い光が閃《ひらめ》く。逆なのかもしれない。

柵を跨《また》いで天使さまを抱き上げると、ニナは一歩脇に退き、店からの視線が届かない場所に引っ込んだ。

「大丈夫ですよ、お嬢さま。怖いことなんか何にもありません。あったとしても一言ご下命くだされば、あたしが退治して差し上げます。だから大丈夫、大丈夫……」

優しく揺すってやっているとぐすぐすと鼻を鳴らしながらも泣き止んだので、ニナは毛布を引っ張って上に天使さまを座らせた。

「お嬢さま、申し訳ありませんが、ニナはまだ仕事が残っています。もうしばらく、ここで待っていていただけますか？」

濡れた頰を拭いてやると、白絹のような頭が前後にかくんと揺れる。

ニナが仕事に戻ってからも天使さまは廊下に隠れていたけれど、一人だと淋しいのだろう。また柵の向こうに現れた。しばらくは常連客が酒を取りに来るのが見えてもそう気にせず遊んでいたのに、さっきとは別の、やっぱり蓬髪《ほうはつ》に無精髭の男が来ると、大急ぎで引っ込む。様子を見に行くと毛布に頭を突っ込んで泣いていた。

――やっぱり。

森を抜ける時、クライヴは言っていた。俺はこの子に嫌われていると。それから、以前は鬱陶しいくらい懐いてくれていたと。

ニナが思うに、かつてのクライヴは無精髭を伸ばしていなかったのではないだろうか。

天使さまが恐いのは、暗い色の蓬髪に無精髭の男。多分そういう男に怖い目に遭わされたことがあるのだ。だからクライヴを見ると思い出して泣くようになった。

大発見である。

仕事が終わって迎えに行くと、天使さまは眠ってしまっていた。座ったまま前に潰れるという変な格好で寝ている天使さまを部屋へ運び寝台に寝かせると、ニナは新雪のような髪にそっとキスをする。

あたしが天使さまの憂いを取り除いてあげる。そんな傲慢《ごうまん》な決意を抱いて。

＋　＋　＋

花祭りまで一週間を切ると、建ち並ぶ宿屋の扉に大きな花輪が飾られるようになった。窓辺に花の鉢を並べたり扉の前に花蔦《はなつた》を絡ませたアーチを立てたりしている宿もある。通りはニナたちがこの街に来た時の倍も賑やかだし、がらんとしていた広場は天幕でみっしり。行き交う人も露店も増え、大輪の花がたっぷり編み込まれた花冠を被っている人もちらほら出てきた。

その日ニナは『春の微睡み亭』の扉に飾る花輪の受け取りに行くというノヴェッラに連れられ久し振りに街に出た。

「もう花冠を売っているんですね。あたしもお嬢さまに買って帰ろうかしら」

クライヴが『春の微睡み亭』に顔を出さないせいで渡せていない日当が貯まっている。

「祭りが始まる前に枯れちまうから止めときな。今花冠を買うのは何も知らない余所者《よそもの》だけさ」

「女将さんだって花輪を買うんでしょう？」

「これは商売のためだから仕方ない。これからは二日ごとに花屋に取りに行ってもらうからね。しっかり道を覚えるんだよ。ほら、ここだ」

いつもは花街の隅で慎ましく営業しているらしい花屋も祭りの季節だけは露店が並ぶ通りに大きな仮店舗を出し、花輪と花冠を売りまくるらしい。背面の壁に掛けられた色とりどりの花輪にニナが目を瞠《みは》る横で、ノヴェッラが、茶色い髪を纏めて前が張り出した大きな帽子の中に押し込んでいる同年代らしい女と抱擁を交わす。

「おはよう。花を受け取りに来たよ！」

「おや、見ない顔を連れてるね。その子かい？　新しく雇った子ってのは」

ニナはチュニックの裾を摘まみ上げ、挨拶した。

「『春の微睡み亭』でお世話になっているニナと申します。よろしくお願いします」

「『子鹿亭《こじかてい》』の亭主が感心してたよ。仕事が早くて的確だって。おまけに一発で名前も好みも覚えてくれる上、店に行くたび嬉しそうに迎えてくれるもんだから、若い連中が皆、逆上《のぼ》せ上がって通い詰めてるってね。花輪を取りに来る客の中にもいるよ、来るたびニナちゃんは俺のことが好きに違いないって喋り倒していくのが」

「えっ」

一瞬勘違いしそうになったけれど、ニナは別に好意を向けられているわけではない。逆だ。ニナが誰彼構わず気のある素振りをしていると思われているのだ。

「そうなんだよねえ。ニナ、あんた、話をする時、じいっと相手の目を見るだろう？　あれ、あたしもたまにドギマギしちまうんだ。あんたにゃ一人で外に出る機会なんかほとんどないから大丈夫だろうけれど、まだ修行中の若いのは普段女っ気がなくって色々溜まってるからね、気をつけな」

「ええー……、あたしには旦那さま？　が、いるのに……」

いまだ夫婦設定に慣れないニナがぎこちなく言うと、ノヴェッラは食事をしに来るだけの連中がそんなことまで知るもんかいと一蹴《いっしゅう》した。

ニナ。最初が肝心よ。特に初めて会う方とお話しする時はね、笑顔で相手の目を見るの。上っ面だけじゃなく、この人と仲良くなりたいって、心から思うところまでが礼儀《マナー》だって思って。

ニナはお姉さまたちにそう教わった。ただ礼儀を守っただけのつもりでいたのに、何だってそんなことになってしまったんだろう。

あまりの衝撃にニナがよろよろしていると、花屋は更に驚きの情報をもたらした。

「それから『子鹿亭』はニナちゃんの引き抜きを狙《ねら》ってるらしいよ」

「何だって⁉」

ノヴェッラが目を吊り上げたがニナの反応は鈍い。

「『子鹿亭』のご主人がですか……？」

「何だい、あんた、『子鹿亭』の亭主を知ってんのかい？」

「知っているというか、仕事を探していた時にあそこにも行ったんです。そうしたら、うちはおまえみたいな汚い女が働けるような店じゃないって……」

二人は顔を見合わせる。

「あはははっ。あのいけすかない親父、折角の機会を自分でふいにしてたんじゃないか！」

「ふ、ふふ……っ、普段から慈悲深い行いを心掛けていてよかったよ。……って、ニナ、本当はうちじゃなくて『子鹿亭』で働きたかったのかい⁉」

笑ったと思ったら血相を変えて怒るノヴェッラに、ニナは慌てた。

「『子鹿亭』に行ったのは、この街に着いたばかりでどの宿屋がいいか知らなかったからです。今は女将さんに雇ってもらえて本当によかったって思ってますし、今更声を掛けられたからって応じるつもりはありません」

「はっ、どうだか」

ぷりぷり怒るノヴェッラを宥《なだ》めていると、花屋の店主がたくさん掛けてある花輪の中から一抱えもあるものを外して差し出してくれた。

「さて、これが『春の微睡み亭』のために用意しておいた花輪だよ。うんとサービスしといたからね、ちょっと重いけど、大丈夫かい？」

ノヴェッラに顎をしゃくられ受け取った花輪は赤い花ばかりが編み込まれていて、確かにとびきり華やかだった。今は平気だけれど、運んでいるうちにつらくなるであろう程度には重い。

「はい。あたし、見た目より力持ちなんです」

「へえ。あんたにもおまけだよ」

茎が短すぎて花輪に使えなかったのだろう。花屋が同じ赤い花を耳の上に挿してくれる。

「綺麗……。ありがとうございます」

「じゃ、気をつけて帰んな」

花屋の店主にさよならを言い、帰途に就く。通りは混み合っていて、人とぶつかって花輪を駄目にしたらただじゃおかないよとノヴェッラに脅されたけれど、ニナはすいすいと人を避け、はなびら一枚も欠かすことなく『春の微睡み亭』まで持ち帰ってのけた。

扉に花輪を掛けると、萎《しお》れる前に髪に挿してもらった花を生けておこうと部屋に戻る。扉を開けるとクライヴが上掛けを持ち上げ寝台の中を覗き込んでいた。

「帰ってきていたんですね、旦那さま。おかえりなさいませ」

「ツムギはどこだ」

挨拶もそこそこに詰め寄られ、ニナは後退る。慣れたつもりでいたけれど、目つきの鋭い大きな男に迫られるとやっぱり怖い。

「ジョットさんが見てくれています。この時間なら裏庭にいるんじゃないでしょうか」

「……」

クライヴは返事もせず窓辺へと歩み寄り、鎧戸《よろいど》を開けた。ジョットが丸椅子に座り野菜の下処理をする横で、天使さまが真面目な顔をして、よた、よた、と蝶《ちょう》を追っている。

胃が痛くなりそうな威圧感がふっとやわらいだ。

「元気そうだな」

「旦那さまは――あまり元気ではなさそうですね。傷を診せてください」

鎧戸を開けるクライヴの手の動きが不自然だった。きっとまだ傷が痛むのだと思ったニナはクライヴに寝台に座って貰って床に跪く。手首に巻かれた包帯を解くと案の定、傷が熱を持っていた。

「旦那さま、お嬢さまにこの傷、治して貰った方がよくないですか？　あたし、お嬢さまを呼んできましょうか？」

ずっと思っていた。天使さまが目覚めたのになぜクライヴは傷を治して貰わないのだろうと。

案の定、ニナの提案はうるさそうに一蹴された。

「呼ばなくていい」

「でも」

「安易にツムギの力を使おうとするな。おまえは奇跡というものが何の代償もなく得られると思っているのか？」

薬草を取ろうとした手が止まる。お姉さまたちは、天使さまを見つけることさえできたら万事解決、旦那さまの腕は当然治して貰えるもののように言っていた。だからニナも天使さまが力を振るうのは当然だと思っていたのだけれど。

「眠る以外にも何かあるんですか？」

「そもそもなぜ力を使うとツムギは眠るんだ？　目覚めてからもしばらくの間、暇さえあればあれは眠る」

人がよく眠るのは疲れている時だ。それから病気や怪我で消耗している時。

「それだけではない。力を使うたび、ツムギは『時』という代償を支払わされる。俺の怪我を治したらツムギはまた眠るぞ。たくさん食べて遊んで成長していかねばならない年頃なのに眠り続け、周囲の者の注意を引く。もし癒やしの力があると気づかれたら最悪だ」

「お嬢さまが天使さまだとわかったら、皆、大切にしてくれると思います」

幼な子の世話の仕方すらよく知らないこの男と一緒にいるよりマシな保護先がたくさんある。ニナが思わず力を込めて言うと、クライヴはせせら笑った。

「大切にする？　いいや、逆だ。もしこの子の力が知れたら、癒やして欲しい者が列をなしてこの子の目覚めを待つようになるぞ。そしてこの子は目覚めるたび、眠ることを強要される」

ニナははっとした。そうだ。きっとそうなる。天使さまが癒やしてくれるのは、女神教の信徒にとって当然のことだからだ。でも、それではまるで奴隷だ。

ずっとニナはクライヴのことを癒やしの力目当てに天使さまを囲い込んでいる悪人だと思っていた。でも、もしかしたら。

「この怪我は自力で治す。おまえはツムギを見張れ。どれだけ言い聞かせても、あれは傷ついた者を見ると癒やそうとするから、外に出すな」

「でも、あれくらいの子は躯を動かすことも大切です。部屋に閉じ籠もっていたら退屈でしょうし……」

「それならこれで何か買ってやれ」

小袋が突き出される。じゃらりという金属質な音がするところを見ると、お金が入っているのだろう。

「旦那さまがお嬢さまにお菓子でも買ってあげてください。ありあとって、ぎゅっしてくれますよ？」

この世で一番尊いご褒美だ。多少なりとも天使さまを可愛く思っているなら喉から手が出るほど欲しいに決まっているのに、クライヴは頑なだった。

「俺が何かしても、あれは恐がるだけだ」

恐がる？

その言葉でニナは思い出す。

「旦那さま。そのことなのですが、その髪と無精髭を何とかしませんか？」

クライヴが剛毛に覆われた己の顎を撫でた。

「あ？　俺がどんな格好をしようが――」

「お嬢様は髪も髭も手入れせず伸ばしている人を怖がるんです」

クライヴの顔色が変わった。

「何？」

「そういう人を見るたび、泣きそうになってます。あたし、思うんですけど、お嬢さまはそういった風体《ふうてい》の方たちに脅《おびや》かされたことがあるのではないでしょうか？　旦那さまを恐がるのはそのせいということはありませんか？」

記憶を呼び起こそうとしているのだろう。クライヴが壁を睨みつける。

「そういえば、へ……いや、あれの両親を殺した賊がそんなような姿をしていたかもしれない」

一瞬、頭の芯が揺らいだような気がした。じんわりと目の奥が熱くなる。

「天使さまには親がいたんですね。しかも、殺された……？」

「それもツムギの目の前でな」

ふっと現実感が遠ざかり、ママが喪《うしな》われた時の虚ろな気分がニナを包み込む。

ニナがまだ幼ない時、大好きだったママは突然ニナの世界からいなくなった。ママは死んでしまってもう会えないのだと呑み込むのに随分時間が掛かったし、呑み込んでからも会いたくて会いたくてニナは夜ごと泣いたものだ。

幼な子が抱えるには大きすぎるあの虚無を、天使さまもまた味わったのだろうか。

天使さまは笑わない。それは心の在り方が人とは違うからだと思っていたけれど、そういうことではなかったのかもしれない。

「……っ、旦那さま。お願いです。髪と髭を綺麗にしてください！」

「――試してみる価値はありそうだな」

洗濯室に移動する。紐が欲しいと言われたのでニナはクライヴを残しノヴェッラを探しに行った。麻紐の切れ端を貰って洗濯室に戻ると、知らない男がいた。

「……え？」

この辺りでは見ないエキゾチックな顔立ち。貴族のようにすっとした顎の線。涼やかな目元には色気すら滲んでいる。人形のように整った顔をしているのに目だけは怖いぐらい鋭くて、見つめられると背筋がぞくっとした。

「ニナか。紐は」

ニナは驚愕する。男はクライヴの声で喋った。この男は髭を剃《そ》ったクライヴなのだ！

おずおずと差し出した麻紐を受け取ると、男は濡れた手で髪を後ろへ撫でつけ縛った。

露わになった顔をニナはまじまじと見る。頬がむくんでいるように見えたのは髭のせいだったのだろう。圧迫感のあったもさもさの髪は濡らして体積を減らすと不潔から精悍《せいかん》へと印象を変えた。変わらないのは目つきだけだ。

「旦那さまって、本当はこんな顔をしていたんですね……」

マルティン子爵も子羊の館の旦那さまも貴族らしい端正な容貌の持ち主だったけれど、クライヴの整い方は彼らを凌駕《りょうが》していた。知らなかったといえこんな色男と同じ寝台で寝たり、汚いシュミーズ姿を晒したりしていたのだと思うと、顔から火が出そうだ。

軽く顎を擦り剃り残しがないのを確かめると、クライヴは直接裏庭へと抜ける戸を開けた。物音に気づいた天使さまが振り返る。ただでさえつぶらな瞳がまん丸になり――。

「くー！」

天使さまはよた、よた、よた、と走りだした。クライヴにぎゅうとしがみつく。ニナの推理は当たっていたらしい。

「だっ、誰だい、あんた！」

追加の芋を運んできたノヴェッラがクライヴを見て籠の中身をぶちまけた。ジョットも剝きかけた芋を手に固まっている。

「あたしの旦那さまです」

寡黙なクライヴの代わりに答えると、二人は戦《おのの》いた。

「噓だろう。あんたの旦那はもっとこう……むさ苦しくて、歳だっていっていたじゃないか！」

ニナもまた長髪に無精髭を生やしていた頃のクライヴを、五十歳くらいだろうと思っていた。でも、今のクライヴは精々二十代後半にしか見えない。

ふんと鼻を鳴らしたクライヴがしゃがみ込んで天使さまと視線を合わせる。

「まだ俺が怖いか？」

普段より幾分優しい声。天使さまは髪の先が浮くほどの勢いで首を横に振った。

「そうか」

剃り跡に押し当てられた小さな手に、クライヴが厳つい自分の手を重ねる。クライヴが目を細め微笑むのを見たニナは思わず両手で口元を押さえた。

どうして忘れていたのだろう。確かにこの人は怖い。十人もの柄の悪い人たちを叩きのめしたという話だし、ニナも一度は始末されそうになった。でもそれは天使さまのためだったし、自分の腕を犠牲にしてニナを守ってくれたこともあったのだ。

この人は天使さまを攫ってなんかいない。利用するため囲い込んでいるわけでもない。天使さまが大好きで大切にしたいから、一緒にいるのだ。

ノヴェッラもまた強面の男と幼な子の交歓に目を奪われている。

「あんたの旦那、あんな顔して笑う人だったんだねえ。あんたが別れようとしないのは何でだろうってずっと思ってたけど、ようやくわかったよ」

そういうわけじゃない。そういうわけじゃないけれど。

――この人なら主と仰げる。ずっと一緒にいてもいい。

クライヴが、ぐいぐいと胸元に頭を押しつけてくる天使さまの背中をぽんぽんしながら、ニナたちの方を振り返る。視線が合った瞬間、ニナは目を逸らした。

視線には力がある。見つめられれば心が揺らぐ。囚《とら》われるし、勘違いする。

たとえば、仲がいいと思っていた人が他の人ばかり見ていたら、『あの人はあたしよりあっちの人が好きだったのね』と思う。逆によく視線が合えば好かれていると思う。客たちがニナに好かれていると勘違いしたのは、だからだ。

花屋の言う通り、お姉さまたちの教えを馬鹿正直に信じたニナは、客たちを誘惑し、その気にさせていた。お姉さまたちが教えてくれたのは礼儀《マナー》ではない。人の心を搦《から》め捕《と》る技術だ。

何だってお姉さまたちはそんなことを自分に教えたんだろうと一瞬憤りを覚えたけれど、思い出せる限りお姉さまたちは常にそうしていた。初めて会った時からずっとだ。

目を見て微笑んでくれたから、ニナはすぐお姉さまたちに懐いた。でも、お姉さまたちはニナが好きだから微笑んでくれたのではなかったのかもしれない。『春の微睡み亭』で今、ニナがしているように、礼儀として微笑み見つめていたのかも。そうすれば色々なことが円滑に運ぶから。

ニナはぶるっと躯を震わせた。

殊に顔がいい人の視線には絶大な力がある。そんな意図はないとわかっていても、クライヴと目が合ったほんの一瞬でニナの胸は高鳴り、ときめきにも似た感情に攫われそうになった。だから目を逸らしたのだけれど。

ニナは忘れていた。見つめられれば好かれていると思ってしまうのとは逆に、目を逸らしたら人は嫌われていると感じるということを。

＋　＋　＋

「だっこ」

つんつんと前掛けの裾を引っ張られ、ニナは天使さまを抱き上げた。窓に届くと、天使さまは硝子に額をむぎゅっと押しつける。

「何だい、何を見てんだい」

通りがかったノヴェッラがリネン類を両腕いっぱいに抱えたままニナの横に立った。

「くー」

答える天使さまのつぶらな瞳は花冠を被った人で溢れた通りを映している。ついに花祭りが始まったのだ。

「くー？」

「旦那さまのことです。お嬢さまは旦那さまが来るのを待っているんです」

折角天使さまに泣かれずに済むようになったのに、クライヴは『ひなぎく』に帰ってしまった。忙しいのか、天使さまがこんなにも心待ちにしているのに顔も出さない。一日に何度もだっこを強請り外を覗く天使さまの健気な姿を見るたび、ニナの心は切なく疼《うず》く。顔を見せに連れていってあげたいけれど、『春の微睡み亭』も酒場の仕事に加え次々に到着する宿泊客の対応で忙しく、身動きが取れなかった。

——旦那さまは天使さまに会いたいと思わないのかしら。

——そういえばお仕事に戻られる時の旦那さまは、機嫌が悪そうだった。あれはどうしてだったのだろう。

久々に天使さまに笑いかけられることができてだっこまでさせて貰えたのだ、これ以上ないくらい幸福な一日だったはずなのに。

ノヴェッラがずり落ちてきたリネンを揺すり上げ、次の仕事を言いつける。

「ニナ、お嬢さまは私が見ているから、新しい花輪を受け取ってきとくれ」

「かしこまりました。お嬢さますみません、下ろしますね」

白い眉がきゅっと寄せられる。大人しく下ろされてくれたものの、天使さまは足が廊下につくなりくるんと躯の向きを変えてニナに抱きついた。

きっと淋しいのだ。

背中をぽんぽんしてから天使さまをノヴェッラに預け、ニナは『春の微睡み亭』を出た。扉に掛かった花輪はまだ綺麗だったけれど、これはいわば店の顔、萎れてからでは遅いらしい。

花冠を被った人の間を縫うようにして急ぐ。

途中でクライヴのいる北街区へと延びる大通りにぶつかった。

以前ノヴェッラと通り過ぎた時は人気《ひとけ》がなくどこか物哀しくさえあったのに、今は随分賑わっている。中には着飾った五人の女に囲まれ、袖を引かれている男までいた。随分モテる人がいるなあと感心し――ニナは気づく。

あれ、クライヴだ。

ニナはとっさに道端に積まれていた木箱の陰に隠れると、そおっと通りを覗いた。

クライヴは暑苦しかった髪を切ったらしい。うなじで一つに括《くく》られた髪は肩甲骨につくかつかないかという長さになっていた。わさわさと膨らんでいた髪がすっきりしたせいか、やけに頭が小さく等身が高く見えるし、お仕着せであろう真新しい青い外套も、クライヴの引き締まった長躯をこれ以上ないくらい引き立てている。

競ってクライヴを誘惑しようとしている女たちもまた、特別に綺麗だった。腰の細さならば多分負けないけれど、白く、服から零れ落ちそうなほどたわわでやわらかそうな胸はニナにはない。

「別にあんなもの、全然欲しくなんかないけど」

多分、だからクライヴはニナに手を出さなかったのだ。もちろんクライヴに抱かれたくなどないけれど、何だか腹が立ってくる。天使さまがクライヴの訪《おとな》いを待っているというのに、何をしているのだろう、この男は！

一言言ってやろうと思い立った時には、もう通りにクライヴの姿はなかった。

「おつかいを、遂行しなきゃ」

苛立《いらだ》ちを抱えたまま辿《たど》り着いた花屋は、前回より更に豪華な花輪を用意してくれていた。

通りは以前より混雑していたけれど、今回もひとひらのはなびらも落とさず持ち帰ることに成功する。花輪を掛け換えると、ニナは前掛けの紐を結んだ。昼営業の時間だ。

しばらくは常連客がぽつぽつ入ってくる程度だったものの、一時間もしないうちにニナは花祭りの恐ろしさを思い知ることとなった。

捌いても捌いても客が来るのだ。一番忙しい頃合いには、見るからに豪奢な衣装に身を包んだ男たちが店の前にできた列を無視して入ってきた。

「おいおまえ、若さまの食事を供する栄誉を与えてやる。メニューを持ってこい」

普段は騒がしい常連客たちが静まりかえる。服と態度を見ただけでわかったからだ。ちやほやされている赤みがかった金髪の『若さま』は貴族で、周りにいるのはその腰巾着《こしぎんちゃく》だと。

「貴族……！」

ノヴェッラが美しい青い目を据わらせる。ニナは急いで痩せぎすの躯を厨房へ押し込んだ。

「女将さん、ここはあたしに任せてください」

相手は貴族、不興を買ったら何をされるかわからない。今こそかつての経験が役に立つ時と、ニナは腕まくりして貴族たちの前に進み出る。

「いらっしゃいませ、お客さまのような高貴な方に足をお運びいただいたこと、心から嬉しく思います。大変心苦しいのですが、花祭りの間はパンとシチューのみのご提供となっており、メニューはありません。ご所望ならもちろん喜んでご希望の料理を用意させていただきますが、あまり上等なものはできませんしお時間が掛かります。下々の暮らしに興味がおありならパンとシチューを食べてみるのも一興かと思いますが、どういたしましょう」

従者らしい男は若さまの顔色を窺ってから偉そうに頷いた。

「では、パンとシチューを。エールはあるか」

「粗野な代物ではありますがございます」

「よし、それを」

ニナはカウンターへと急ぎ、ジョットへと注文を伝えた。

「エールを三つ、大至急お願いします」

「すまん、ニナちゃん」

よっぽど貴族が嫌いなのだろう。厨房の隅に突っ立ったまま若さまを睨みつけているノヴェッラを心配そうに窺い見ながらジョットがエールを注ぐ。エールが出てくるのを待っているニナに常連客の一人が肩を並べた。

「俺の分のエールも頼むぜ、ジョット。しかし堂々としたもんだなあ、ニナちゃんは。俺なんか貴族さまと同じ空間にいるってだけで足がガクガクしてるっていうのによ」

「またそんな……あ」

小声で褒められ、微笑みかけたニナの頬が引き攣《つ》る。

「お客さま、どうぞ、席で待っていてください。すぐお持ちしますから」

「ん？　エールはここまで取りに来るものではないのか？」

客らしい男がカウンターでエールを受け取っているのを見てそういうものなのだと思ったのか、若さまが来てしまったのだ。

「お客さまのような尊い方にそんなことをしていただくわけにはいきません。どうかあたしに、若さまにエールを運ぶ栄誉をお与えください」

「ふっ、そう言うなら仕方あるまい」

頷いたものの若さまはすぐ席に戻ろうとせず、カウンターの中を覗き込んだ。

冷たい汗が額に滲む。ノヴェッラは大人しくしていてくれるだろうか。

幸いなことに若さまはノヴェッラなど気にも留めなかった。もっと興味を引くものが厨房の奥にあったからだ。

柵を握り締めた天使さまだ。

物珍しげな視線に気づいた刹那《せつな》、ニナには自分の心臓の鼓動が乱れたのがわかった。

貴族は気まぐれで、何をするかわからない生き物だ。でも、見ただけでは天使さまに癒やしの力があることはわからないし、若さまが幼な子好きの変態でもなければ心配する必要はないはずだった。とはいえ純白の髪は珍しいし、天使さまはとびきり可愛らしい。

時が過ぎるのが異様に遅く感じられた。緊張に耐えられないと思った時、ようやく若さまがカウンターの前を離れ、取り巻きの待つテーブルへぶらぶらと帰っていった。ニナははあっと大きく息を吐くと、用意ができたマグを若さまのテーブルへ運ぶ。

「お待たせいたしました」

「ご苦労。どれ、味を見てみようか」

「うむ。何だこれは、呑めたものじゃないな」

「申し訳ございません。何分、安いのが取り柄の庶民用ですので」

「よいよい。これを味わいに来たのだ」

舌を巻くような喋り方をしていたから、恐らくラデュラム帝国人だったのだろう。しんと静まりかえった店内で満足ゆくまで呑み食いすると、貴族の一行は帰っていった。常連客の一人がわざわざ戸口から外を覗き見て彼らが行ったのを確認し、親指を立てる。すると彼らの注意を引かないよう黙りこくって食事をしていた客たちが一斉に喋りだした。

「はーっ、息が詰まったぜ」

「あいつら、何だってこの店に来たんだよ。お貴族さまはお貴族さま用の店に行けっつーの！」

「ニナちゃん、よくやった。女将さん、俺の奢《おご》りだ。ニナちゃんに一杯やってくれよ」

「仕事中ですので、お気持ちだけいただきます。……って、女将さん⁉」

いつもは呑まないノヴェッラがエールを呷《あお》り、空になったマグを勢いよくカウンターに叩きつけた。厨房から出てきたジョットが大きな手でニナの手を握る。

「ありがとう。ニナちゃんはこの『春の微睡み亭』の救世主だ」

「そんな。あたしはただ、仕事をしただけです。誰も雇ってくれなかったあたしに仕事をくれた上、旦那さまやお嬢さままで助けてくださった女将さんやジョットさんのお役に立てたならよかったです。……それにしても、女将さんってば本当に貴族が嫌いなんですね」

ジョットが遠い目をした。

「……遠縁の子が引っかかった穀潰し三男と色々あってね……本当に色々……」

どうやらクライヴが受け入れて貰えたのはかなり際どい奇跡だったらしい。

＋　＋　＋

花祭り五日目。

わあっという歓声に外を覗くと、山車が通り過ぎようとしていた。街の外からも見えた巨大な山車ではなく、あちこちの広場で造られていた小振りなものだ。小振りといえど表面を隙間なく花で覆われた山車は小屋ほどの大きさがあり、上には花冠を被った乙女が乗っている。

乙女は左手に花籠を持っていた。中に入っているのは色とりどりのはなびらだ。時折撒かれるはなびらを摑まえようと、花冠を被った子供たちが山車を追いかけぴょんぴょん跳ねている。どの子もとても楽しそう。沿道で見守る大人たちも笑っている。

窓枠に肘を突いて通りを眺めていると、服の裾が引っ張られた。んっと両手を差し伸ばされ、ニナは天使さまをだっこする。一緒に去っていく山車を見送っていたら、階段からノヴェッラが顔を覗かせた。

「おや、ここにいたのかい」

「ちょうど掃除が終わったところに、ゴンドラの形をした山車が通りかかったので。綺麗でしたね、お嬢さま」

「ちゅむぎもおはな、ぱっ、しゅゅ」

ニナたちは客室が並ぶ二階の廊下の一番奥、通りを見下ろせる突き当たりの窓辺にいた。客はいない。一人残らず祭り見物に繰り出しているからだ。

「花の妖精役をしたいのかい。あれは街の住民から選ばれるからね、来年までこの街で暮らせば推薦してあげられるんだけど」

「しゅしぇしぇ？」

よくわからなかったのだろう。こてんと首を傾げた天使さまの頭をノヴェッラが撫でる。天使さまはニナにするように、もっと撫でろとばかりにぐいぐい頭を押しつけるどころか、ノヴェッラから逃げてニナの首筋に顔を埋めた。天使さまが甘えるのはクライヴとニナだけなのだ。

こんな風に思うのは意地が悪いかもしれないけど——嬉しい。

少なくとも天使さまは、自分を特別に好いてくれているのだ。

お姉さまたちのように腹の底ではニナなどどうなっても構わないと思っていたりしない。

「ツムギちゃんはお花が好きなのかい？」

少し哀しそうにノヴェッラが聞くと、天使さまは白い睫毛を瞬かせた。

「……しゅき」

「それじゃあね、ほら」

ノヴェッラがぱっと手を掲げる。現れた花冠に天使さまは菫色の目をまん丸にした。

「……おはな……！」

「そうだよ。花祭りだからね。はい、被ってご覧。最終日にはこれを被って街を練り歩くんだ」

「あの、でも」

今でさえいっぱいいっぱいでとても祭り見物どころではないのに、そんな余裕があるのだろうかと思ったのだけれども。

「本当なら目いっぱい働いて貰う予定だったんだけどね、今年の花祭りの最終日は営業しないことにしたんだ」

「まさか、お嬢さまのために……？」

「そんなわけないだろう。食材が足りなくなっちまったんだよ」

「それは……おめでとう、ございます……？」

「めでたくなんかあるもんかい。もっと仕入れときゃもっと稼げたのに。でもまあそんなわけだから、明日は祭りを楽しんでおいで。これはジョットと私からの心づけだよ」

ニナは天使さまを下ろすと、ノヴェッラから緑の葉がわさわさしている中に白い大輪の花がいくつも咲いた花冠を受け取った。しゃがみ込んで天使さまと目線を合わせ、被せてやる。

「可愛い。すっごく似合ってます」

白花だけというのが品があっていい。際立つ天使さまの聖性に、感動さえ覚える。

「にーにゃも」

服の裾を握り早くちょうだいと躯を揺する天使さまに、ノヴェッラがほらとニナの分の花冠を差し出す。受け取った天使さまは爪先立ちになり、高く花冠を掲げた。被せやすいよう床に膝を突き頭を差し出すと、薄荷《はっか》のように爽やかなにおいが鼻を擽《くすぐ》った。

敬虔な気持ちがニナを満たす。

ほんの少し前まで壊れた躯と顔に絶望して死にたいと望んでいたのが嘘みたいだった。やるべきことを見いだしたニナの日々は充実しているし、つらかった記憶は遠い昔のことのように輪郭をなくし薄れ始めている。すべて天使さまのおかげだ。

「にーにゃ、めがみしゃま、みたい」

ニナはどきっとした。意味がわかっているのだろうか。

「……過分なお言葉、ありがとうございます。さ、下へ行きましょうか」

「ん」

階段を下りて帳場の前を通り過ぎれば『春の微睡み亭』の表に抜けるけれど、横手にある扉を潜れば厨房に繋がる廊下に入る。天使さまがいつも摑まって酒場を覗いている柵を跨ごうとすると、まだ営業時間前だというのにカウンターに寄りかかりジョットと立ち話をしていた常連客が気がついた。

「おっ、花冠を貰ったのか。よく似合ってるぜ、ツムギちゃん」

褒められた天使さまがニナの足に抱きつき顔を埋める。はにかんでいるのだ。

「いらっしゃいませ、ドニさん。お嬢さまってば花の妖精みたいですよね。ほら、お嬢さま、ジョットさんに花冠のお礼を申し上げられますか？」

艶々の頭を撫でてやりつつ柵を開けてやると、天使さまはおずおずと顔を上げた。花冠を被ったおかげでますます愛らしくなった天使さまの姿に相好《そうごう》を崩したジョットの元までよた、よた、と進み、ぽすんと足に抱きつく。

「……あり、あと」

「どういたしまして」

大男の足に抱きついたまま頭を仰《の》け反《ぞ》らせた幼な子と大男の優しい視線が交差する。ニナが微笑ましい光景を目に焼きつけようとしていると、ドニがよろめいた。

「何それ。え、花冠をあげたらツムギちゃんにぎゅってして貰えるわけ？　俺も買ってこようかな」

遅れて戻ってきたノヴェッラがドニに教唆《きょうさ》する。

「ならドニ、ツムギちゃんを山車に乗せてあげたらどうだい。さっき花の妖精が花を撒くのを見て、やってみたいって言っていたんだ」

「なるほどー。……ちょっと行ってくるわ」

多分無理を言って早く入れて貰ったのだろうに、エールを一杯呑んだだけでふらりと出ていくドニを見送り、ニナは天使さまと顔を見合わせた。

「女将さん、さっき、花の妖精役は街の住民から選ばれるって」

「そうなんだけどさ、ドニは祭りの纏め役の一人なんだ。だからもしかしたらもしかするかもしれないよ」

もし天使さまを山車に乗せてあげられたら嬉しい。そう思ったものの昼営業が始まると忙しさに紛れ、ドニのことなど頭から飛んでしまっていたのだけれど。女神様は天使さまの願いを聞いてくれていたらしい。

＋　＋　＋

陽が真上を通り過ぎ、遅い昼食をしたためていた客はすっかりはけたものの夕食の客が来るにはまだ早い、酒場が最も暇となる時分のこと。

賑やかな物音が近づいてくるのに気づいたニナはまた山車が店の前を通り過ぎようとしているのだろうと思いながら空いたテーブルの上を拭いていた。天使さまは花冠を被ったまま、ままごとをしている。ちょこんと座った天使さまの前、柵に寄りかからされた不格好な人形が客で、端が欠けた木の椀にはミルク粥が入っているつもりらしい。

すぐ通り過ぎるはずの賑やかな物音が店の前で止まったのに気づきニナは仕事の手を止める。

どうしたのだろう、様子を見に行こうか。そう思った時だった。酒場の扉が開いた。

「よう、花の妖精さん。迎えに来たぞ！」

「ドニさん⁉」

開いた扉の向こうに、花で飾られた山車が停まっていた。上に乗ってはしゃいでいるのは、乙女ではなく子供だ。

「いや、仲間と話してみたら、どこのうちでも子供が乗りたがってたのがわかってよ。じゃあ乗せてやろうってことで纏まったんだ。他の地区のヤツと協議していたら来年になっちまうからこっそりとな」

ドニが親指で背後を指す。これのどこがこっそりとなのだろう！

「ありがとうございます。あの、女将さん」

「行っておいで」

最後まで問うより早く許可が下り、ニナは台拭きを置くと、厨房に入って天使さまを抱き上げた。

外では山車の周りを子供を連れた親や見物客が十重二十重《とえはたえ》に取り囲んでいた。下から子供を差し出すと、山車の上にいる屈強な男性——何回か店に来たことがある——が受け取って手すりで囲まれた台の中に乗せてくれる。高いと危険だからか、山車は今まで見た中では小振りだったけれど、子供たちにとっては充分高く、花の妖精になった気分が味わえそうだった。

ちょうど前の子が降ろされたところだったので、天使さまの両脇を支え高々と掲げると、太く逞《たくま》しい腕が受け取って台に乗せてくれた。

見物客がざわめく。何だろうと思って耳を澄ませると、何て可愛い子だろうと囁き合う声が聞こえた。

真っ白な髪なんて初めて見た。どこの国からやってきたのだろう。本当に花の妖精のようじゃないか――。

その通り。天使さまは世界で一番可愛らしい。

誇らしく思っていると、天使さまに小さな花籠が渡された。男性に何か言われた天使さまが花籠に手を突っ込み、花を撒く。雲一つない青空の中、花吹雪越しに見上げる天使さまは思わず祈りを捧げたくなるくらい神々しかったけれど、その愛らしい顔《かんばせ》には気難しい表情が浮かんだまま、やっぱり笑みはなくて。

何を見ているのだろうと思って振り返ったニナははっとした。

視線の先には山車を囲む子供たちがいた。皆、親に手を繋いで貰ったり、だっこして貰ったりしている。

確か、天使さまの両親は――。

そら交代だ、という声と共に返された天使さまをニナは強く抱き締めた。

+　+　+

『春の微睡み亭』の裏庭は大人の背の高さほどの塀で囲まれているけれど、誰かが蹴飛ばしたのかそれとも板が腐ったのか一カ所穴が空いている。今日の天使さまは野菜を取り出した後の空き箱に上り、穴から飽かず通りを眺めていた。山車に乗せて貰ってから天使さまは前にも増して元気がない。

「うまくいかないなあ……」

井戸水で野菜を洗っていると、乱暴に扉を開け閉めする音がした。顔を上げると、クライヴが大股に近づいてくる。ようやく天使さまに会いに来てくれたらしい。

でも、何だか様子がおかしい。クライヴの向かう先にいるのは天使さまではなくニナだし、顔が凄く怖い。

ニナの前まで来たクライヴは細い腕を摑んで無理矢理立たせると嚙みつくように言った。

「おまえは何をやっているんだ！　ツムギを外に出すなと言ったろう！　白絹のような髪を持つ可愛らしい幼な子が宿屋通りにいると、花街にまで噂が流れてきたぞ」

ニナは困惑する。もしかして山車に乗せたことを怒っているのだろうか？　でも、それの何がいけないのだろう。

「店の前で小さな山車に乗せて貰っただけです。あたしも傍で見ていましたし、危険なことはさせてません」

「そういうことじゃない。おまえはツムギを殺す気か？」

殺す？

「……どういう意味ですか？」

答えようとしたクライヴの躯が小さく揺れる。見下ろすと、天使さまがぐいぐいクライヴの足を押していた。きっとクライヴがニナをいじめていると思ったのだ。話し声を聞きつけたのか、ノヴェッラもやってくる。

「何してんだい」

クライヴはノヴェッラを無視し、天使さまを抱き上げた。

「いいか、見ての通りツムギは特別愛らしい上、珍しい見た目をしている。話の種にされやすいし、特定されやすい。ツムギの親を殺した連中がここにいることに気づいたら、今度はこの子を殺しに来るかもしれない」

ノヴェッラが息を呑む、ひゅっという音が聞こえた。

静かな裏庭に蜂蜜を集めに来た蜂の羽音だけが響く。

「どういう、ことですか？　どうしてお嬢さまが殺されなければならないんですか？　お嬢さまは何の力もない幼な子なんですよ？」

「血筋を絶やし遺恨を残さぬためだ」

「そんなの、貴族じゃあるまいし……」

そこでニナはこれまで考えもしなかった可能性に気がついた。

「もしかして、お嬢さまは貴族なんですか？」

「そうだ」

考えてみれば、天使さまの親が高貴な身の上でないわけがなかった。ニナは愕然とする。

「あたしはお嬢さまを人目につかないようにしておかなければいけなかったんですね……」

「俺が一体何のために背負い袋に隠して運んでいたと思っていたんだ？」

純白の髪を持つ幼な子の存在を他に知らせないためだったのか！

そんなこととは露知らず、廊下で遊ばせていたニナは真っ青になった。『春の微睡み亭』に来た客は皆、天使さまの姿を見ている。

「どうしましょう……」

「すぐ荷物を纏めろ」

「で、でも、お店が――」

花祭りは明日まである。ニナがいなければ、店が回らない。

躊躇《ためら》うニナの背中を押したのは、話を聞いていたノヴェッラだった。

「そんなものどうでもいいよ。ツムギちゃんが危ないかもしれないんだろう？　お行き」

「女将さん……」

「一体いくつの時に孕ませたんだろうと思っていたけれど、ツムギちゃんはあんたの子じゃなかったんだねえ。どうせ今夜で酒場は仕舞いなんだ。私たちのことは気にしなくていい。ああ、最後の給金を用意してくるから、ちょっと待っていな」

ニナは思わずノヴェッラに抱きついた。

『春の微睡み亭』で過ごした日々が脳裏に蘇《よみがえ》る。この人が雇ってくれたから自分たちはあたたかい寝床にありつけた。毎日忙しなかったけれど、出てくる賄いは美味しかったし、常連客は気持ちのいい人ばかりで働いていて楽しかった。

「ぎゃっ、な、な、何するんだい！」

いつもは低い声を上擦《うわず》らせたノヴェッラに、ニナは心からの感謝を告げる。

「ありがとうございます。女将さんって本当に本当にいい人ですね！」

「い、い、いい人⁉　意地悪ババアとなら言われたことがあるけど、いい人だなんて言われたのは初めてだよ。あんた、貴族のお屋敷で怖い目に遭いすぎて、おかしくなったんじゃないだろうね」

「そんなことありません。最初から女将さんのことはいい人だって思ってました。このご恩は忘れません」

身を捩《よじ》り抱擁から逃れたノヴェッラが顔を赤く染め、家の中へ逃げ込む。あたしも荷物を纏めなくちゃと後を追おうとして、ニナはクライヴの膝によじ登ろうとしている天使さまを振り返った。

「くー、おまちゅり？」

「祭り見物などしている暇はない。ニナが戻ってきたらこの街を出る」

素っ気ない返答に、天使さまの眉間に可愛い皺が寄る。

「や」

「おまえの身を守るためだ」

「や。ちゅむぎ、くーと、にーにゃと、おまちゅり」

「駄目だ」

「やー！　おまちゅりー！」

天使さまが目をうるうるさせ、駄々を捏ねる。ニナは驚いた。天使さまはいつだって聞き分けのいい、よい子だったからだ。泣いて我を通そうとしたのは、ニナの命乞いをした時くらいだったのに、そんなに祭り見物をしたかったのだろうか。

——したかったのだ、多分。

山車に乗せて貰った時に見た幸せそうな親子連れの姿をニナは思い出す。天使さまはこのところずっとクライヴの帰りを待っていた。天使さまはクライヴにあんな風にして欲しかったのではないだろうか。天使さまの両親はもういないから。

胸が締めつけられるように痛む。

——あたしのせいだ。あたしが旦那さまの言う通り天使さまを隠していれば、祭り見物くらいできた。

後悔したところで時は巻き戻らない。跪いて許しを請いたいと思いつつも部屋に戻って荷物を纏める。荷に入らなかった天使さまと揃いの花冠を頭に乗せて裏庭に戻ると、天使さまはクライヴの腕の中ですんすん泣いていた。

「ニナ、ほら、今までの給金だよ」

ノヴェッラもジョットを連れて戻ってくる。

「ありがとうございます」

やけに重く感じられる布袋を受け取ると、ニナはこれまでの給金と合わせてクライヴに渡した。ノヴェッラが何か言いたそうな顔をしたけれど、ニナは奴隷、稼いだ金は旦那さまのものだ。

クライヴが金をしまうと、ノヴェッラは次に子供用の帽子を差し出した。

「これ、ツムギちゃんに被せてやんな。冬の帽子だから暑いだろうけど、上から花冠を被せれば茶色い髪の子に見えるかもしれない」

裏表をひっくり返すと、金茶の毛並みが表に出てくる。確かに長い毛足が髪の毛に見えなくもない。

「女将さん、ありがとうございます」

「それでうまくいきそうなら、街を出るまでの間だけでいい。花祭りを見物させておあげ」

ニナは天使さまに帽子を被せると、白い髪を全部中に押し込んだ。上から花冠を被せればそっちに目がいって、白い眉も睫毛も気にならない。毛皮の帽子作戦はうまくいきそうだ。

「ツムギちゃんがいなくなると淋しくなるねえ。これ、餞別だと思って貰ってくれ」

ジョットがくれたのは、天使さまやニナが被っているのと同じ白い花と緑の葉だけでできた花冠だった。差し出されたクライヴは俺がこれを被るのかという顔をしたけれど、さすがにいらないとは言えなかったのだろう。受け取って頭に乗せた。

天使さまがクライヴに手を差し出す。クライヴが諦めたような顔をして手を取ると、今度は反対側の手がニナへと差し出された。

揃いの花冠に繋いだ手。本物の家族みたいだ。

「さよなら」

　さよなら。

　ノヴェッラとジョットに見送られて『春の微睡み亭』を出る。花吹雪が舞う通りは花冠を被った人々で埋め尽くされていた。

「お嬢さま、毎日何回も外を覗いて、旦那さまが帰ってくるのを心待ちにしていらしたんですよ。くーは？　くーは？　って」

　沈んだ空気を何とかしようと不在時の天使さまの様子を教えると、クライヴは顔を顰めた。

「何が言いたい」

「あたし、今度のことで思ったんです。あたしは旦那さまともっと話をするべきだったって。だから――」

「いい」

「え？」

　つっけんどんに遮られ、ニナはクライヴの顔を見上げた。そうしたらちょうどニナを見下ろしていたクライヴと目が合ってしまった。

「話さなくて、いい。本当は俺の顔を見るのも厭なんだろう？」

「そんなこと、ないです」

目を泳がせつつ答えると、クライヴがはっと嗤《わら》う。

「嘘をつけ。ならなぜ俺の目を見ない」

ニナははっとした。

視線には力がある。見つめられれば心が揺らぐ。囚われる。――逆に合わせなければ拒絶されたように感じる。

もしかしたら、ニナが髭を剃ったクライヴの顔を冷静に見られなくなったせいで、以前から女子供に恐がられがちだったクライヴは誤解したのではないだろうか。ニナに嫌われていると。そしてニナに厭な思いをさせないために『春の微睡み亭』に来なくなった。天使さまが淋しい思いをすることになったのは、ニナのせいだったのだ。

「あ……あたしは別に、旦那さまのことを嫌っているわけじゃ」

「気を遣わなくてもいい。国元でも俺を忌避する者は多かった。俺は随分と目つきが悪いらしいからな」

確かにクライヴは眼光がやたらと鋭く、威圧感がある。こんな風に言うということは、クライヴはそのせいでこれまで何度も厭な思いをしてきているのだろう。

「本当に違うんです。目を逸らしたのはその、――旦那さまの顔が、よすぎるから……」

「――――は？」

クライヴが頭のおかしい女を見るような目でニナを見た。

ニナはきっと目を上げる。

「でも、そういう誤解をされるくらいなら、見ます」

じいっとクライヴの顔を見つめる。

すっと通った鼻筋、涼やかな目元。特に黒い瞳の輝きは強く、心の奥底まで貫かれそうだ。

目を逸らしたいのを必死に堪えていると、クライヴが顔を背けた。

「――やっぱり遠慮しろ」

耳たぶが少し赤くなっている。きっとクライヴと目を合わせた時ニナが感じているいたたまれなさがわかったのだ。

「旦那さまがそうおっしゃるなら」

勝った。

謎の勝利感を噛み締めていると手が引っ張られた。

「にーにゃ」

「何ですか、お嬢さま。何か買って欲しいものでもありましたか？」

後ろにひっくり返ってしまうんじゃないかと心配になるくらい頭を仰け反らせてニナを見上げた天使さまは、途方に暮れた顔をしていた。

背が低いせいだ、とニナは気づく。天使さまの身長では屋台どころか人の足しか見えない。ニナとクライヴに挟まれていなければ、歩く人の目に入らず蹴飛ばされていたかもしれない。

これではいけないと、ニナがだっこするより早くクライヴが天使さまを持ち上げて肩に跨がらせる。いきなり高くなった視界に天使さまは目をまん丸にしたけれど、同じように父親の肩に乗っている子に気がついた途端、魅入られたように動かなくなった。

目でその子を追おうとする天使さまの手をクライヴが捕らえ、自分の頭に回させる。

「あのはなびらが欲しいのか？」

その子は髪にたくさんの青いはなびらをつけていた。お椀の形にした掌の中から時折ひらふわと逃げ出すはなびらも青い。初めて見るそのはなびらは、青い鳥の形をした山車から撒かれているようだ。

天使さまは目を瞬いただけで何も言わなかったけれど、クライヴは勝手に得心し頷く。

「よし、行くぞ」

「え」

通りの大分先を遠ざかりつつあった山車を追い、くたびれた黒い長靴が地を蹴った。

「旦那さま！」

ニナは慌てて後を追う。

天使さまが、さっきまで手を添えるだけだったクライヴの頭に力いっぱいしがみついている。クライヴの肩は高いし、足も速い。天使さまはきっと恐がっている。早く捕まえて下ろしてやらねばとニナは思ったけれど。

山車に追いつき青い花吹雪を浴びた天使さまは、恐がるどころかはなびらを求めて両手を空に伸ばした。

小さな手が何度も空を切る。そうして、ひとひら摑まえることができたのだろう。振り返った天使さまは、掌の上に乗っているものをニナに見せ、にぱっと笑った。

嬉しそうに。

幸せそうに。

初めて目にする天使さまの笑顔は想像していた通り愛くるしくて。どうしてだろう、涙で目が霞《かす》んだ。

＋　＋　＋

その一時間ほど後、『春の微睡み亭』の前に豪奢な馬車が停まり、貴族風の男が降りてきた。まだ若いなかなかの美男子だ。編んだ長い髪を後ろに垂らし、もうあたたかいというのに見せびらかすかのように毛皮で裏打ちされたとんでもなく高価な外套を羽織っている。

急いで反対側から馬車を降りてきたのは、花祭りの間に一度『春の微睡み亭』に食事をしに来た『若さま』だった。

「ここか」

「そうです、レーンロート卿」

若さまが扉を押し開く。

「——おい！」

響き渡った横柄な声に、賑わっていた酒場が静まりかえる。変事に気づいたジョットがノヴェッラの代わりに厨房から出てきた。

「いらっしゃいませ、旦那さま方。何のご用でしょう？」

レーンロート卿は隠しからハンカチを取り出して鼻に押し当てると、汚いものでも見るような目で店内を見回した。

「私たちは人を探している。白い髪に菫色の瞳を持つ幼な子だ」

空気がぴんと張り詰める。皆が天使さまのことだと気づいたのだ。

「ここにはおりません」

そうジョットが答えると、若さまが居丈高に怒鳴りつけた。

「嘘をつくな！　俺はこの目で見たのだぞ。その子がこの店にいるのを！」

「ええ、ええ、確かに当店で働いていた女がそんな子を連れていましたが、もう出ていきました」

レーンロート卿が薄く笑みを浮かべる。

「出ていった？　花祭りはまだ一日残っているのに？」

「ええ。見ての通り私と家内の二人だけになってしまったので、調理も配膳も間に合わず、客に手伝って貰っている状態です」

料理が載った大皿をこっそりテーブルへ運ぼうとしていた常連客が首を竦めた。外に客が並んでいるのに片づけが追いつかないせいでテーブルも空いている。

「確かめさせて貰っても？」

レーンロート卿が顎をしゃくって奥を指す。もとよりジョットに拒否権はない。諦め顔で一礼すると、レーンロート卿は大股に店内を突っ切り、奥の扉から廊下へ抜けた。左右を見渡し、片っ端から扉を開けてゆく。

最後の部屋を一瞥《いちべつ》し、レーンロート卿は忌ま忌ましげに舌打ちした。

「もういないというのは本当のようだな。行き先は？」

「申し訳ありません。聞いておりません」

「役立たずが」

ふんと鼻を鳴らすとレーンロート卿は踵を返した。外で待っていた馬車に乗り込み、次いで乗り込もうとした若さまの鼻先で扉を閉めてしまう。

「えっ、あっ、あの、レーンロート卿⁉」

「東西南北、すべての門に人を遣って門衛に姫らしい者が通っていないか尋ねさせろ。私は取りあえず一番近くの門に向かう」

馬車が走りだす。おろおろしている若さまの後ろで、ジョットとノヴェッラもまた気遣わしげに通りの先を見つめていた。

◆――第三章　ニナ、薬屋を開く

翌日、最も盛り上がる花祭り最終日の賑わいを、ニナたちは街の外から眺めた。

ヌーカへ来た時に街道から見えていた巨大な山車は花吹雪に包まれている。天辺に乗った四人の乙女たちが踊りながらはなびらを撒いているのだ。遠く離れていても地鳴りめいた歓声が聞こえた。掻き鳴らされる音楽も。

昨日、『春の微睡み亭』を出て花祭りを楽しんだ後、天使さまとニナはクライヴに連れられて花街でも抜きん出て壮麗な娼館、『ひなぎく』に行った。

張りぼての花のような場所を想像していたけれど、飾り立てられた空間は貴族の屋敷などよりよほどきらびやかだったし、娼婦らしい女たちは美しく艶《なまめ》かしかった。

「ニナ、この後、人目がなくなったところで街道を外れて山越えする。歩けるな?」

ぼんやりとヌーカを眺めていたニナはクライヴの声に我に返る。祭り最終日ということもあり、街道にはほとんど人がいなかった。彼方から届く喧噪を除けば静かなものだ。

「国境を越えるんですか?」

「ああ。ツァリル大公国へ入る」

ツァリル大公国は険しい山々に囲まれ難攻不落と謳《うた》われる小国だ。ヌーカから行くには二週間掛けて山脈を迂回《うかい》するのが普通なのだけれど、クライヴは一直線に山を突っ切るつもりらしい。幼な子がいるとはいえ問題はない。今の季節は雪もないし、ニナは山歩きに慣れている。

豆粒ほどにしか見えない祭りを見るのに天使さまが飽き始めたので、ニナたちは休憩をお仕舞いにして移動を再開することにした。天使さまを背負い袋に戻しながら、ニナは欠伸を噛み殺す。夜っぴて娼婦たちとお喋りした上、朝一の馬車で街を出てきたせいで、寝不足なのだ。

「『ひなぎく』の女たちと仲良くなったようだが、一晩も一体何を話していたんだ」

探りを入れるのは聞かれたら困ることがあるからだろうか。

「色々です。たとえば――旦那さまが夜な夜な花街に繰り出していたのは、娼婦たちから情報を買うためだった、とか」

閨《ねや》では誰だって口が軽くなるものでしょう？　頭の軽そうな娼婦相手なら尚更さと、艶《あで》やかな女たちは笑っていた。

「『ひなぎく』に雇われることにしたのは、帝国のお偉いさんたちが贔屓《ひいき》にしている娼館だったからなんですね。……もしかして、お嬢さまのご両親を手に掛けたのは帝国の人だったんですか？」

帝国――ラデュラム帝国はこの大陸の三分の二を占める大国だ。ただし国土の多くは人の立ち入りを許さない険しい山脈や農地に適さない寒冷な土地で、豊かとは言い難い。だから気候不順や虫害で飢えると他国に戦を仕掛け、欲しいものを奪い取る。お姉さまたちも言っていた。帝国人は貴族であっても粗野で野蛮だと。

「ああ。俺が駆けつけた時にはおう――いや、部屋には血の海が広がっていた。救えたのはツムギだけ、しかも頭に血が上った俺はその場にいた全員を殺してしまった」

冷たい何かが膚の下でぞわりと蠢く。この人は本当に人を殺《あや》めたことがあったのだ。

「後で帝国が何のためにそんなことをしたのか聞き出してからにすればよかったと後悔した。もし領土や財が目的ならほとぼりが冷めるまで身を潜めればいいが、ツムギが目的ならそうはいかないからな。そうではないことを祈っていたが、女たちのおかげでわかった。ツムギだ。あいつらは、ツムギの癒やしの力を得るため皆を殺したんだ。今もツムギを捜し、生き残ったマホロ聖国人を狩り立てていると聞く。俺たちは帝国が存続する限り追われ続けることになるだろう」

震え上がるべきなのだろうけれど、実感が湧かない。

「――そうだ、それからあたし、恨み言を言われちゃいました。何回も閨に誘ったのに旦那さまは妻がいるからと一度も相手にしてくれなかったって」

「そういうことにでもしないと躯がいくつあっても足りなくなりそうだったからだ」

クライヴが前後を見渡し、街道に誰もいないことを確認してから森へと踏み込む。クライヴに誘《いざな》われて初めて気づいたけれど、そこには茂みに隠れるように獣道のような細い道があった。

「お金を取る気はなかったみたいなのに、もったいないことをしましたね」

軽口のつもりだったけれど、クライヴが振り返った瞬間、ぶわっと全身が鳥肌立った。

「タダだったんだから寝ればよかったと?」

「いえ……その、ごめんなさい、出すぎたことを申しました。——あの、実は旦那さま、あたし、もう一つ謝らなきゃいけないことがあって」

怒られついでに、ニナは切りだす。

「何だ」

「ヌーカではもう、あたしを口実に誘いを断ることはできません」

クライヴの目が細められた。強くなった圧に抗《あらが》い、ニナは言葉を絞り出す。

「あの、本当は夫婦でないって、見破られてしまって……」

「おまえ……」

唸るような声に、ニナは慌てて両手を胸の前で振った。

「あたしが言ったわけじゃありませんよ? 寝たことがあるかないかって見ればわかるら

しいんです。話す時の距離とか、馴れ馴れしさとか、視線とかで。夫婦を騙《かた》るのは危険かもしれません」

「……」

クライヴは苦虫を噛み潰したような顔をした。

天使さまが帝国に追われていることを考えれば、夫婦のふりをした方がいいのは明らかだった。人目を引かずに済むからだ。でも、偽装夫婦だとすぐわかってしまうなら意味がないどころか逆効果だ。だから。

ニナはこくりと唾を飲み込む。

「あの、旦那さまさえよければ……します、か？」

クライヴの足が止まった。

「おまえ、自分が何を言っているのかわかっているのか」

「はい。でも、お嬢さまを守るためですから」

「ヌーカを急いで発つことになったのを気にしているのか？　罪滅ぼしのつもりか」

その通りだった。ニナがクライヴに言われた通り天使さまを隠していたらノヴェッラたちに迷惑を掛けることもなく祭り最終日まで勤め上げられたのだ。でも、ニナがそうしなかったせいで天使さまは危険に晒され、逃げるように街を出る羽目になった。もしクライヴが噂に気づかなかったら、そして悪い人たちに見つかっていたらと思うとぞっとする。

ニナは奴隷。躯を好きにされるのは当たり前だし、天使さまの役に立てるならいい。そう思って言ってみたのだけど、天使さまを軽々と負う広い背中は明らかにニナを拒絶していた。考えてみればクライヴは艶やかな娼婦の誘いも拒否したのだ、ニナとなど頼まれても厭に違いなかった。

「変なことを言ってごめんなさい。旦那さまだってあたしみたいに痩せっぽちで美人でもない女の相手なんかしたくないですよね」

「そんなことは言っていない」

「気を遣わなくていいです。あたし、ちゃんとわかっているんです。あたしを引き取ってメイドとして働かせてくださった旦那さまだってあたしのところには一度も来てくださいませんでしたし」

「……どういう意味だ？」

クライヴが勢いよく振り返った。

クライヴの剣幕に、ニナはたじろぐ。

「？　あの、旦那さまは夜、よくお姉さまたちの部屋に通ってきていたんです。お姉さまたちは皆、旦那さまが部屋に訪ねてきてくださるのを心待ちにしていました」

「……愚かな」

忌まわしいものでも突きつけられたかのように顔を歪められ、ニナは不安になる。自分は何かおかしなことを言っただろうか。

「どうしてですか？　旦那さまの訪いがあった翌日のお姉さまは幸せそうで、いつもより輝いていましたし、言っていました。旦那さまに可愛がって貰えて嬉しいって」

だからニナはちっともいけないことだなんて思わなかったし、待ってさえいた。いつか旦那さまに『目を掛けて』貰える日を。

「おまえの姉は、おかしい」

一瞬頭に血が上ったけれど、言い返すことはできなかった。クライヴが哀しそうな顔をしていたからだ。

「で、でも」

「主に食い物にされているのが、おまえたちにはわからないのか？」

──あたしたちは旦那さまに食い物にされていたんだろうか。

そんなことはないと思うけれど、憐れむような眼差しは真に迫っていて。

「夫婦に見えないなら見えないでいい。軽々しく躯を差し出そうとするな。そういうのは……いつかおまえが惚《ほ》れる男のために大事に取っておけ」

吐き捨てるようにそう言うと、クライヴはまたニナに背を向けた。置いていかれないよう小走りにクライヴの後を追いながらニナは考える。いつか惚れる男のために取っておけ？　この人は、あたし相手ではそんな気になれなかったからではなく、あたしのために手を出さないでくれていたの？　もしかして、この人は天使さまだけでなく、あたしをも大切にしようとしてくれている？

ふわん。体温が上がる。心が傾く。でもなぜかその瞬間、ふっとお姉さまたちの怪物のような笑みが脳裏に浮かんで、ニナは冷水を浴びせられたような気分になった。

お姉さまたちだってあの日まで優しくていい人にしか見えなかった。クライヴもいい人のフリをしているだけということはないだろうか。

しばらく経って眠っていた天使さまが目覚めると、クライヴは背負い袋から出し肩に跨がらせた。山の中なら人目はない。人目がないなら天使さまを背負い袋に隠す必要もないからだ。

ニナは空いた背負い袋を担ぐと、空にしておくのはもったいないと、目についた薬草や香草を片っ端から放り込み始めた。こういったものは必要になってから探すのは大変だけど、通りすがりに摘む分には大した手間ではないのだ。

夜になると野営をし、薬草を干したり、束にしたり、不要な茎を捨てたりと下処理をする。小鍋を始めとする調理用具と調味料くらいしかクライヴは用意していなかったけれど、困ることはなかった。森の中で育ったニナは野外で食材を調達して、竈《かまど》を作り、調理するのに慣れていたし、クライヴは狩りの達人だったからだ。

ただ、狩った獲物を天使さまが癒やそうとするのは困った。どうやら慈悲深い天使さまはそれが何であろうと傷ついているなら癒やさずにはいられないらしい。

大きいと思っていた背負い袋が薬草でぱんぱんになった頃、尾根に抜けた。

眼下にほぼ真円を描く盆地が広がる。盆地を囲む急峻《きゅうしゅん》な山脈には一カ所だけ切れ目があり、そこから入り込んだ街道が丸い草原の中央をまっすぐに貫いていた。街道の行き止まりにあるのがツァリル大公国の首都、山膚にへばりつくように建設された城塞都市だ。

通常なら見晴らしがよく丸見えの盆地を突っ切らなければならないけれど、ニナたちは盆地を横目に山の斜面を下り、誰にも気づかれることなく城塞都市に到着した。街に入る前に天使さまに帽子を被せる。こんな小国で帝国人と会うことはないだろうけれど、念のためだ。

花冠がなければ裏返しなのがわかってしまうので普通に被せたけれど、少し大きめの帽子は天使さまの白い髪をほぼ隠してくれた。冬物で季節外れだけれど、当面はこれでしのげそうだ。

門を潜ったところは大広場になっていて、市が立っていた。右手には野菜や軽食を売る露店が並び、左手には鍛冶屋や古道具屋、古着屋など庶民向けの店が軒を連ねている。クライヴはニナと天使さまを中央の噴水に連れていくと小銭を渡した。

「ここで待っていろ。これはおやつ代だ」

どこに行くのだろう。気になったけれど、我慢する。

ヌーカにいた時、ニナは自分が皆の生活を支えているのだと自負し、クライヴは腕が立つけれど生活能力皆無だからなんて生意気なことまで、ほんの少しではあるけれど思っていさえした。でも、クライヴは簡単にまっとうな仕事を見つけてきたし、ヌーカを早々に発たねばならなくなる原因を作ったのはニナだった。

——おまけに、しますか？　なんて、言っちゃったし！

何て恥ずかしいことを言ったのだろう。これからは余計なことを言わない。クライヴの命令には忠実に従い、『いい奴隷』らしく振る舞う。

クライヴが広場の奥の階段を上っていくのを見送ると、ニナは天使さまを連れて露店を見て回った。

この盆地でしか採れないという甘い果物や、ふわふわの焼き菓子。今時分に天使さまが被るのにちょうどいい帽子もあった。襟足まですっぽり隠れてしまうほどぶかぶかだけれど、長く使えるよう大きすぎるものを買い与えられるのは、平民の子供ならよくあることだ。後でクライヴに買って貰おうと思いつつ噴水の縁に座り、天使さまにおやつを食べさせる。

陽が沈み始めると、それまで誰もいなかった露店にも明かりが灯り、酒樽が運び込まれた。酒のつまみにちょうどよさそうな料理のにおいが漂い始める。

真っ暗になる頃、クライヴが戻ってきた。

「おかえりなさいませ。目的は果たせましたか？」

「いや。だが、取り次ぎを頼んだ。明日、また行く」

ニナは、噴水の縁に腹這いになって水面をパシャパシャ叩いて遊んでいる天使さまを抱き上げた。

「承知いたしました。ところで旦那さま、そろそろ宿を決めた方がよくありませんか？」

クライヴがすっと目を逸らす。

「いや、宿には泊まらない」

厭な予感がした。

「旦那さま、まさか……」

「急いで野営ができる場所を探すぞ」

やっぱり！

「どうしてですか。用心棒の稼ぎがあるはずですよね？　あたしの日当も渡したのに……あっ、もしかして、全部娼館で使っちゃったんですか？」

声が大きすぎたのか、近くを歩いていた人たちがぎょっとして振り返ったけれど、クライヴが一瞥《いちべつ》するとそそくさと逃げていった。

「予定では宿に泊まる必要などないはずだったからな」

お金はすべて情報料として娼婦たちに支払ってしまったということなのだろう。必要な出費ではあるのだろうけれど、痛い。

「いくら残っているかお聞きしてもいいですか？」

クライヴから金額を聞いたニナは素早く計算する。安宿なら泊まれそうだ。

「旦那さま、宿に泊まりましょう。お金のことならあたしがまた何とかします」

「だが」

「お嬢さまに湯浴みをしていただきたいんです」

幼な子は清潔にしなければならないのに、山を移動中は湯浴みできなかった。天使さまだけではない。ニナも、多分クライヴも、汗で躯中べたべただ。

「……わかった」

不承不承ではあるがクライヴが頷いてくれたので、おやつを買った時に店で聞いておいたおすすめの宿へ行き、寝床を確保する。部屋は狭くベッドも粗末だったけれど、山で野営することを思えば天国だ。湯を貰って天使さまの身を清めると、ニナはクライヴが湯を使っている間に露店で夕食を調達してきた。

食事をしながら、翌日の予定を確認する。クライヴは今度こそ用を済ませに行くらしい。ニナと天使さまはまた広場で待機だ。

その夜は、ヌーカでの最初の夜のように一つのベッドに三人でぎゅーぎゅーになって寝た。

真っ暗な中、ニナは祈りを捧げる。

——女神さま、ありがとうございます。無事ツァリル大公国に着きました。湯浴みもできて、天使さまのご機嫌は上々です。旦那さまの方はうまくいかなかったようだけど。クライヴが何を考えているのか、ニナにはよくわからない。でも、ヌーカでの失態を怒っている様子はなかった。

——まあ、お金がないうちはあたしを手放せないだろうけど。——あっ、女神さま、お金を使ってしまうために宿に泊まったわけじゃないですよ⁉

それに多分、心配することはないのだ。クライヴは泣かれるようになってからも天使さまをうるさがることなく大切にし続けた。癒やしの力を使えないならただの幼な子、仕えたところで何の得もないのに、今もクライヴの行動のすべては天使さまのためだ。夕刻、クライヴが広場に戻ってきた時の天使さまの笑顔を、だっこを強請られ抱き上げたクライヴの手つきの優しさを思い出し、ニナは上掛けに顔を埋める。

——この人は他人を大切にできる人なんだ。

そう思ったら、不安定に揺れていた心が静まった。

寝よう。ニナは闇の中、もそもそと寝返りを打つ。そうしたらクライヴに触れてしまい、心臓が跳ねた。天使さまの向こうで寝ているはずなのにどうしてと思って闇を透かし見ると、クライヴは天使さまをしっかり抱き締めて寝ていて。

ふわん。

心が、傾く。

＋　＋　＋

翌朝。クライヴと別れると、ニナは天使さまに帽子を被せた。手を繋ぎ広場に行く。昨夜、夕食を買いに行った時にニナは、日暮れから営業を始めていた露店を回り、使っていない昼間だけ店を使わせて貰えないか片っ端から交渉して回っていた。今回もけんもほろろに断られまくった末、最後の露店で麺の入ったあたたかい汁物を商う老夫婦が可哀想に思ったのか交渉に応じてくれた。露店といっても天幕は張ってあるし、竈と大鍋も使わせて貰えるのだから上等だ。

ニナが来るのを待っていた老夫婦は、天使さまの可愛らしさに相好を崩しながら諸々の説明をすると、寝るために帰っていった。

ニナは大鍋に水を汲んできて火に掛け、調理台に背負い袋の中身を空ける。

「はっぱ！」

「そうですよ、お嬢さま。この葉っぱは全部薬草なのです。これからこれとこれ、それからこれと同じのをこの中から探します」

「こえ？」

「もう見つけたんですか？　さすがお嬢さまです！」

台を挟んで向かいに座った天使さまと必要なだけの薬草を選り出し、大鍋に入れる。鍋がぐつぐつ煮立ち始めると独特のにおいが広場に広がり、道行く人の鼻をひくつかせた。

「おっ、このにおい。グァラ茶か」

「グァラ茶？」

「野草を煮出して作る健康茶だ。懐かしいな。躯にいいってばあちゃんが毎日欠かさず煎《せん》じてくれてたのを思い出すぜ」

グァラ茶はこの大陸のほとんどの地域で飲まれているが、ツァリル大公国でも知られていたらしい。

ニナは台の上の目立つ場所に『薬屋』と大きく書いた木の板を置いた。それから『滋養強壮に効くグァラ茶、一杯銅貨一枚』と書いた板も。

ニナの手元には山越えの間に集めた薬草が大量にある。これを元に商売をしようというわけだ。もっとも、見知らぬ薬師がいきなり薬屋を開いたところで客がつくわけがない。でも、馴染みがある上に廉価なグァラ茶なら手を伸ばしやすいし、一度でも買い物をしたことがある店の敷居は低くなる。

午前中は数えるほどしか売れなかったけれど、昼になると客が増え始めた。朝買った客が味は濃いのにえぐみがなくて飲みやすいとか、飲んだらなんか躯がぽかぽかして調子がよくなったと知り合いに広めてくれたらしい。翌日にはよく眠れた上、寝起きが爽快だったという評判が広がり、ひっきりなしに客が来るようになった。

お茶と呼ばれているけれど、グァラ茶に使われているのはれっきとした薬草だ。手に入りやすく保存が利くものばかりだけれど、新鮮なものを使えばより強く効くようになるし、民間では雑に行われている調合の比率や、茎は取り除いて葉だけを使うといった処理の仕方を厳守すれば見違えるほど味や効能が上がる。もっとも基本的に美味しいものではない。苦みがありにおいもきついのだ。

廉価だから売り上げも大したことはないけれど、狙い通りグァラ茶を買ってくれた客が薬も買ってくれるようになった。薬屋の経営は上々だ。

一方でクライヴはなかなか目的を果たせずにいた。毎朝出掛けていくけれど、昼前には広場に戻ってくる。ニナとしては雑用を済ませたり、足りなくなった薬草を採りに行ったりする間、店と天使さまを任せることができてありがたい。もちろん売り上げはニナが店番をしている時とは比べものにならないけれど。

天使さまもまた毎日ニナについてきて売り上げに貢献してくれていた。

客が来ると一人遊びをしていても、ニナの隣にちょこんと座って挨拶する。

「いら、さいっ」

売り上げで新しく買ったぶかぶかの帽子を被った天使さまに、何を買ってくれるのだろうと期待に満ちた眼差しをじいっと向けられれば、冷やかすだけで済ませるのは難しい。

「こんにちは、ツムギちゃん。この間買ったお茶の葉がなくなっちゃったから、また貰いに来たの。アレを飲むと何だか躯が楽なのよ」

「ありがとうございます、銀貨一枚になります」

自分の家でもグァラ茶を煮出したいと相談されたニナは、調合した茶葉を小さな巾着に入れたものも売り出していた。ニナがお金を受け取ると、天使さまが椅子の上に並べられていた巾着袋を一つ取って差し出す。

「あい」

「ありがとう。お手伝いできて、偉いわねえ」

褒められると天使さまは恥ずかしそうにはにかむ。それがまた可愛いと、客のみならず周囲の露店の店主たちまで鼻の下を伸ばした時だった。澄み渡った空気を震わせて角笛の音が響き渡った。

無秩序だった人の流れが割れ、広場の中央に道ができる。何だろうと思っていると、できた道を立派な馬車が通っていった。

「あれは、一体……？」

「あれはね、サーヤ大公妃の馬車だよ」

どこか誇らしげに客が教える。

「サーヤ大公妃？」

「そう。四年ほど前にマホロ聖国から嫁いできたんだけど、美人な上に慈悲深くてねえ。下々にもよく目を配ってくださるんだよ」

マホロ聖国というのは、ラデュラム帝国の南東、ツァリル大公国とは大陸を挟んで反対側にあった小さな国だ。過去形なのは半年ほど前、ラデュラム帝国に滅ぼされたからだった。

——また、帝国だ。

女神に纏わる逸話を持つ国は多いが、この国にも王族が女神に寵愛《ちょうあい》され、宝玉を授けられたという話があったと聞いている。

「ラデュラム帝国はいまだにマホロ聖国人を狩り立てているって話ですけれど、サーヤ大公妃に障りはなかったんですか？」

「ああ、一時は帝国人がよく来ていたみたいだけど、ツァリル大公はサーヤ大公妃を大事にしているからね」

王族——この国の場合はツァリル大公——の婚姻は政略だ。生国が滅びたなら結婚した意味がないのに粗略に扱うどころか強大なラデュラム帝国から守っているなんて驚きである。それだけツァリル大公はサーヤ大公妃を愛しているのだろう。

馬車が行ってしまい、広場を行き交う人たちがいつもの無秩序さを取り戻すと、今度はクライヴが帰ってきた。今日も目的を果たせなかったらしい。顔色が冴《さ》えない。

「旦那さまが帰ってきたなら、私は退散しようかしらね」

この街でもクライヴはなぜか恐れられている上、ニナと夫婦だと思われていた。誰かに見破られやしないだろうかとニナはひやひやしているのに、クライヴは涼しい顔だ。本当にこの人は何を考えているのだろう。

次にやってきたのは夜を思わせる客だった。多分職人なのだろう。ごつごつとした手をしているのにどこか気怠《けだる》げで、崩れた雰囲気を纏っている。

「よう、ニナちゃん。この間貰った夜のお薬、凄い効き目だったぜ。おじさんたち、久し振りに盛り上がっちまった」

「いらっしゃい、グイドさん。ええとそれはあの……よかった、です」

親しげに話し掛けられたニナはもじもじと俯く。商売なのだから平然と対応すればいいのだと思うのに赤くなってしまうのは、グイドが買っていったのが『夜に元気になる薬』だったからだ。

グイドはそんなニナの様子を見てにやにや笑っていたけれど、急に蒼褪め後退った。

「何だよ、怒んなよ、薬の感想を言っただけだろうが」

振り返るとクライヴが無表情にグイドを見ていた。

「旦那さま……」

客を威嚇しないで欲しい。

幸い、グイドは打たれ強かった。

「ええっと、今日は客を連れてきたんだ。こいつぁ俺のご近所さんで、城で衛兵やってるエンリコ。最近意中の女ができたってんで、惚れ薬でもないかと思ってよ」

後ろから大柄な若者がぬっと現れる。エンリコはグイドとは対照的に朴訥《ぼくとつ》そうな若者だった。

「いらっしゃいませ。エンリコさん。惚れ薬は扱っておりませんが、噛むと息が爽やかになる丸薬などどうでしょう」

笑顔で話し掛けたのに、エンリコは返事もしない。クライヴをじっと見ている。

「ニナ。昼食を買ってくる」

まだそんな時間ではないのにクライヴが急に天幕から出ていった。変な雰囲気だと思っていると、エンリコがニナに向かって身を乗り出してくる。

「あんた、あの男のことを知っているのか？　あいつ、何者なんだ？」

何だか厭な感じだ。でもニナはそんな感情などおくびにも出さず、首を傾げてみせた。

「あたしの旦那さまですけど……旦那さまのこと、ご存知なんですか？」

「ああ、毎日城に来て、サーヤ大公妃に会わせろとしつこい」

「旦那さまはサーヤ大公妃に会いに行っていたんですか！　それじゃ、旦那さまはサーヤ大公妃と知り合い……？　あ、でも、そうだったら毎日しおしおと帰ってくるわけがないですよね……」

うううんと考え込もうとしてニナは気づく。エンリコの目がついと逸らされたことに。

「……まさか、サーヤ大公妃に取り次ぎもせず、門前払いを食らわせている、なんてことはないですよね？」

エンリコがぐっと詰まった。グイドが面白がって囃し立てる。

「職務怠慢だぞー、エンリコ」

「おっ、俺がそんなことするわけないだろう！」

「でも、取り次いでくれてないいんですよね？　どうしてですか？」

「う、それはその……ツァリル大公のご命令だ……」

ニナは眉根を寄せた。それを見た天使さまも真似しようとして力みすぎたのだろう、ちんまりとした鼻をひくひくさせる。

「身分の問題でしょうか。サーヤ大公妃はこの国で二番目に偉い方ですし……」

これにはグイドが異議を唱えた。

「いや、サーヤ大公妃は結構会ってくれるぞ。俺も陳情で一回お目に掛かったことがある」

ニナは驚く。高貴な方というのは下々を遠ざけようとするものなのに。

「だからサーヤ大公妃は民に慕われているんですね。いつもツァリル大公がサーヤ大公妃のお会いになられる方々を決めているのでしょうか」

「そんなことはないと思うがなあ。ツァリル大公はサーヤ大公妃を大事にしておられて、本当は誰にも会わせたくないらしい。それでも大抵の面談が許されているっていうことは、そういうことだろう？」

「じゃあ、どうして旦那さまだけ取り次いでくださらないんでしょう。毎日無駄足を踏ませるなんて酷くありませんか？」

エンリコとグイドが顔を見合わせる。グイドの口元に困ったような笑みが浮かんだ。

「ニナちゃんの旦那は何つーか、迫力があるからなあ……」

「迫力……？」

「でかいし、目つきが鋭いし、隙がなさすぎて、傍にいると落ち着かねえ。あと、顔がいい。俺がツァリル大公だったら、絶対に妻には会わせたくねえ」

確かにクライヴの顔はいい。ツァリル大公の気持ちもわからないではないけれど、毎日悄然《しょうぜん》と帰ってくるクライヴが可哀想だから。

ニナはエンリコの手を取った。

「ニナちゃん⁉」

「エンリコさん。旦那さまをこっそりサーヤ大公妃に引き合わせて貰えないでしょうか。駄目なら旦那さまが会いたがっていることだけでいいんです、サーヤ大公妃に伝えてください。もし頼みを聞いてくださるなら、今日最後の『夜元気になる薬』を差し上げます。効き目についてはグイドさんのお墨つきですよ」

敷物の上に置いてあった薬を取ってエンリコに渡そうとすると、グイドが横から奪おうとした。

「ちょっと待った、ニナちゃん、俺はそれを買いに来たんだ。大体こいつは好きな女ができたばかり、まだ使う機会なんてねえ」

だが、エンリコがさっとニナの手から取って隠しにしまってしまう。

「ふんっ、仕方がない。薬は貰ってやるが、あまり期待するなよ。俺は衛兵の中でも下っ端なんだ」

「ありがとうございます。エンリコさんって優しいんですね」

目を見つめてにっこりと笑うと、エンリコは落ち着きを失った。心なしか膚に赤みが差している。

「そっ、そろそろ交代の時間だ。もう行かないと」

ぎくしゃくとその場から逃げ出すエンリコを見送るグイドは恨めしげだ。

「俺の薬……」

「あのお薬は連続して使用するとよくないんです」

『夜元気になる薬』の代わりにグァラ茶を一杯サービスしながら、ニナは街の一番高いところに聳え立つ城を見上げた。

エンリコはニナの頼みを叶えてくれるだろうか。サーヤ大公妃に引き合わせて貰えるとはニナも思っていない。取り次いで貰えれば上出来だ。もっともうまくいったところでサーヤ大公妃がクライヴに会う気になってくれるとは限らない。駄目だった場合のことも考えておくべきだろう。

ニナは張り切る。ここで少しでもヌーカでの失態を挽回しておきたかった。

クライヴがあのことを怒っていないのはわかっている。でもろくなことをしない奴だという印象を払拭しておかないと、次に何かあった時、簡単に切り捨てられそうで怖い。

——お姉さまたちがしたみたいに。

クライヴはいい人だけれどニナは奴隷、本当にお金に困ったら売ることもできるのだ。

「あう?」

なぜか鼻の奥がツンと痛くなる。

膝に乗り上げてきた天使さまを抱き上げ、ニナは作戦を立て始めた。

＋　＋　＋

翌日。午後に入ってすぐにグァラ茶が全部売れてしまったので、ニナは店を早仕舞いすることにした。調合した薬草を詰める巾着袋もないので、天使さまを連れて買い物に出る。

もう何度も利用している服屋で端布を買うと、ニナはついでに城を見に行こうと家々の間を縫うように延びる階段を上った。大公城は街の山側の最も高いところにある。馬車が走れるなだらかな坂道もあるけれど、かなり遠回りになるので使わない。

まだ階段をうまく上れない天使さまをだっこし城門の前まで行くと、広場があった。高い場所なだけあって景色がよく、住民の憩いの場になっているらしい。飲み物を販売する露店まで出ていたので、ニナは天使さまに果実水を買うと、膝ほどの高さの石囲いに腰掛けた。

「エンリコさん以外の城で働いている人ともお近づきになれないかな……」

周囲を観察しつつ買ったばかりの布を取り出して巾着を縫い始める。天使さまはんっくんっくと果実水を飲み干すと、広場を散歩し始めた。よた、よた、と、鳩を追いかけ、虫でもいたのかしゃがみ込んでじいっと石畳を見つめ、門の左右に立つ門衛の周りをぐるぐる回る。ぴかぴか光る金属鎧が綺麗だからか、天使さまは門衛の前にぺたんと座り込むと動かなくなった。菫色の双眸でじいっと門衛を見つめている。気づいていないわけがないのに、門衛はぴくりとも動かない。

巾着が五つ出来上がった時、揃いの鎧兜をつけた衛兵がやってきた。交代して城に戻っていく門衛に天使さまがついていこうとするのを慌てて追いかけて回収したところで、今日のところは帰ることにする。

裁縫をしている間、門を出入りする人はいなかった。多分、他に通用門があるのだ。そっちを見つけないとと思いつつ階段を下り始めたニナは、途中でふと足を止めた。

——誰か、ついてきている……?

もっともここは秘密の道というわけではない。他にも通行人がいて当たり前、足音が聞こえるからといってつけられていると思うのは早計だ。でも、何度角を曲がっても足音は消えなかった。わざと遠回りしてもだ。

心臓の鼓動が早くなってゆく。ニナはこの辺りの道を知らない。人の多いところに行きたいのに、進めば進むほど人の気配がなくなってゆく。

階段が坂道と交差する地点に抜けた時だった。すぐ近くから馬の嘶《いなな》きが聞こえた。

階段からは死角だった場所に荷馬車が停まっていた。どやどやと降りてきた柄の悪い男たちがニナを見てにやにや笑う。

――この人たち、あたしを待ち伏せしていた……？

ニナは身を翻した。来た階段を引き返そうと思ったけれど、既に服をだらしなく着崩した男が両手を広げて通せんぼしていた。多分、この男がずっとニナたちをつけ回していたのだ。

それならと飛び込んだ左手に延びる坂道はすぐ行き止まりになっていた。

女子供と侮っているのだろう、男たちはぶらぶらと歩いてくる。

「よう、お嬢ちゃん。その子の帽子を取って見せてくれよ」

ツァリル人らしく装っているが、男たちは舌を巻くような独特の喋り方をした。この訛りは、ラデュラム帝国人だ。

「おら、取れって言ってんだろ……！」

腕が伸びてきて、天使さまの帽子を毟り取る。真夏の太陽の光を束ねたような髪の色を目にした男たちが喜色を浮かべた。

「白い。こいつだ」

「おい、女。そのガキを寄越せ」

「やっ」

必死にしがみついてくる小さな躯をニナは抱き込んだ。男の腕を払い除けて、大声で叫ぶ。

「人攫いっ、人攫いです……っ！　誰か、助けてください……！」

「うるせえっ」

天使さまを抱き込む腕に男の指が食い込む。肉がちぎれるかと思うくらい痛かったけれど天使さまを離さずにいると、重い拳が脇腹にめり込んだ。

「……っ」

あまりの痛みに息が止まる。石畳の上に倒れ込み、小さくなって震えるニナの躯を、更に男たちが蹴りつけた。

「寄越せっつってんだろっ、まだ痛い目に遭いてえのかっ！」

「やあぁ、にーにゃっ、にーにゃあぁぁあっ」

晴れ渡った空に天使さまの泣き声が響き渡る。どうしてこんなに静かなのだろうとニナは頭の片隅で思った。ここには誰もいないのだろうか。それとも面倒事に巻き込まれるのを恐れて、皆、家の中で息を潜めているのだろうか。

ニナがきつく目を瞑った時だった。

「おい、何をしている！」

男の声が聞こえた。一体どこからと思い上方へと視線を向けると、坂道を見下ろす家々の窓が一つ開いている。

男の声が呼び水となりあちこちで窓が開き始めた。

御者が舌打ちする。

「くそが。撤退するぞ」

助かったと思ったけれど、違った。後ろ襟を掴まれて石畳の上を引き摺られ、天使さまもろとも馬車の中に放り込まれる。御者が馬に鞭をくれると、中で待機していた五人目の男が、乗り込んできた男たちをどやしつけた。

「おい、何だこの女は。攫うのはガキだって言ったろう」

「仕方ねえだろ、ガキを離さねえんだ。いいじゃねえか、馬車の中で殺して捨てれば」

男の一人がナイフを抜いたのを見たニナは一層強く天使さまを抱き締めた。

「ふんっ」

疾走する馬車の中、ナイフが勢いよく突き出される。だが、ちょうど車輪が何かに乗り上げたのか、ガタンという大きな音と共に車体が跳ね上がり、男のナイフはニナの心臓ではなく、腕を掠めた。

「うえっ、うええええええ——んっ」

血を見た天使さまが大声で泣き始める。

「うるせえ！」

「何やってんだ、下手くそ」

「馬車が揺れるのが悪いんだ。おい、今度こそ女を仕留めるから馬車を停めろ」

「馬鹿言うんじゃねえ。街の連中に見られてるんだ、早くツァリル大公国を出ねえと」

「くそっ」

ナイフを持った男はニナの肩を掴み壁へと押さえつけた。それからもう一度ナイフを振り上げる。今度は先刻のような幸運は期待できそうにない。ニナは鋭く光る切っ先を見つめる。

「やーっ、にーにゃッ、にーにゃあああーっ」

でも次の瞬間、また馬車が大きく揺れ——男が後ろに吹っ飛んだ。床にひっくり返り後頭部を押さえる男に仲間たちは呆気にとられ——笑いだす。

「ぎゃははははは！　何やってんだ、おまえ」

「うるせえ！　笑うな！」

片手で頭を押さえよろよろと起き上がった男は、一度強く頭を振ると、ニナを睨みつけた。怒りで顔を真っ赤にして飛びかかってきたけれど、ニナが片手で払い除けると偶然いい場所に決まってしまったのだろう、頭から壁に激突して動かなくなる。

「おいおい、こんなことってあるのかよ」

仲間たちが伸びてしまった男を見下ろし騒いでいる間にニナは馬車の隅まで後退った。造りの荒い荷馬車には陽光が差し込む隙間や穴があちこちにある。ちょうど自分の躯で隠れる場所に大きな穴があったので、ニナはくすんくすんと泣き続ける天使さまの背中をぽんぽんしてやりながら、縫ったばかりの巾着をこっそり一つ穴から押し出した。誰か巾着袋に気づいてくれればいい。そう思ったけれど。

がくんと一際大きく馬車が揺れると、車輪の音が変わった。馬車が街の外に出たのだ。もう坂もなければ減速しなければならない曲がり角もない。

馬車の速度が上がる。

「とにかくガキを奪って、女を外へ蹴り出そう」

「別に殺さなくてもよくないか？　尻も胸も薄いが女は女だ。後で楽しめるし、ガキの世話をさせても――」

「しっ」

統率役らしい男の合図に、他の二人の男が口を閉ざした。うるさいほど車輪の音が響く中、押し黙って耳を澄ませる。

「――追っ手だ」

外の様子を見ようと男の一人が側面の扉を開けた、その鼻先を栗毛の馬が駆け抜ける。通り過ぎる一瞬、見えた男の横顔に、ニナは泣きそうになった。

クライヴだ……！

男たちが色を失う。

「おい、見たか。黒狼だ」

う⁉」

「冗談じゃねえぞ、黒狼って、マホロの宮殿を襲った連中を皆殺しにしたってヤツだろう⁉」

クライヴの低い声が聞こえた。

「停まれ」

初めて会った時は恐ろしく感じた声が、何とも頼もしく耳に響く。手綱《たづな》を取られたのか馬車が急に減速し、男たちが前方へと引っ張られるようによろめいた。

更に多くの蹄《ひづめ》の音が背後から近づきつつあるのに気づいた男たちが恐慌状態に陥る。

「嘘だろう、何で衛兵が追ってきてんだっ」

「まずい、逃げるぞ。女ッ、ガキを寄越せっ」

「いやっ」

ニナは躯を低くすると、後部——出入り口を塞《ふさ》ぐように立ちはだかっていた男たちに向かって突撃した。ぎょっとした男たちが止めようとしたけれど、体当たりして男たちごと後部の扉を突き破る。

「ぎゃっ」

「……っ」

天使さまをしっかりと抱き締めたまま馬車から転がり落ちたニナはやわらかい草の上を転がった。巻き添えにした男たちを下敷きにしたとはいえ受け身もろくに取れなかった上、殴られたり蹴られたりした後である。躯中が痛んで息もろくにできないくらいだったけれど、天使さまには怪我をさせずに済んだようだ。

「はあ……っ、はあ……っ」

きつく目を瞑って痛みが引くのを待っていると、力強い腕に抱き起こされる。

目を開けたニナは言葉を失った。

空が広かった。開けた視界の彼方にツァリル大公国を囲む山々が全部見渡せる。周囲には見渡す限り花が咲き乱れ、赤みがかった夕刻の光を浴びて揺れていた。

ニナは街道脇の草むらに落ちたらしい。花々の向こうに停まっている荷馬車に男たちが群がっているのが見えた。

皆、ニナの知っている人たちだった。

グイドが抵抗する男を殴っている。唾を飛ばして怒鳴っているのは、ニナがよく昼食を買いに行く屋台の店主だ。そして早く来いとばかりに衛兵たちを手招きしているのは毎日グァラ茶を買ってくれる男だった。

出会ってから半月も経っていないのに、薬やグァラ茶を売り買いするだけの関係でしかないのに、この人たちはニナをどうでもいいと見捨てたりせず、街の外まで追いかけ助けに来てくれたのだ。お姉さまたちは、ニナを奴隷商に売ったのに。

クライヴも、服が汚れるのも構わず草の上に膝を突き、ニナを天使さまごと支えてくれている。

ニナは手の甲で乱暴に目元を拭い、クライヴの顔を見上げた。クライヴもニナを見ていた。

——視線には力がある。

目が合った瞬間、ニナは動けなくなってしまった。

どうしてだろう、夕陽を浴びたクライヴの顔がきらきらと輝いているように見える。

「ニナ？」

多分皆が街道にいて近づいてこようとしないのは、クライヴが怖いからなのだろう。確かに目が据わっているけれど、クライヴの顔を見慣れたニナにはわかる。クライヴは心配してくれているだけなのだと。もちろん天使さまをだけど、——恐らくはニナも。

駄目だ。これは、駄目だ。

「あの……すみません。旦那さま、あっち……あっちを向いてください」

ニナは掌でクライヴの顔を押し退けようとした。でも遠ざかるどころか逆に顔を覗き込まれ、距離は更に縮まってしまう。

「なぜだ。どこか痛いところでもあるのか」

「なくはないですけどそんなことより、その顔でそんな風に優しくしないでください」

「俺の顔？　怖いということか？」

「違います……！　ああもうっ、自覚してください、旦那さまはお顔が大変よろしいんですっ。あたしが旦那さまのことを好きになっちゃったらどうするんですか……！」

誰かが口笛を鳴らした。他の誰かがニナちゃんが惚れ直しちゃうってよ、旦那！　と囃し立てている。でも、ふざけている場合ではない。奴隷が主を恋慕したって不毛以外の何ものでもないし、お姉さまたちが言っていた。そういう感情を持つと、色々なことが無駄にややこしくなるから、できるだけ回避した方がいいと。特に惚れられるならともかく、惚れるのは駄目らしい。

実際クライヴもそれは困ると思ったのだろう。腕の力が緩んだので、ニナは俯いて顔を見ないようにしながら、切なくなるほど居心地がいい腕の中から抜け出した。

ニナは知っている。ニナはクライヴにとって全く魅力がないのだと。なぜならクライヴはニナに触れようとしなかった。

いつか惚れる男のために取っておけなんて素敵な言葉で飾ってみせたけれど、ニナはちゃんと気づいている。クライヴの言う『いつか惚れる男』の中に、クライヴ自身は入っていない。

別にそんな風に気を遣わなくてもよかったのだ。ニナは奴隷、クライヴの所有物に過ぎないのだから。望み通りニナはこの人を好きになったりなんかしないけれど、この人が助けようとしてくれたことは忘れない。恩返しのためにも、これまで以上に力を尽くして仕える。――それで、いいよね？

「ニナちゃん」

いつも老齢の母親のためお茶を買いに来る男が花々を掻き分け近づいてくるのを見たニナは、クライヴに天使さまを渡した。

「ガスパロさんも来てくださったんですね」

「ご、ごめん、ニナちゃん。俺、ニナちゃんが攫われるとこ見てたのに、何にもできなかった……」

驚いたことに、窓から見ていた人たちの中にガスパロがいたらしい。だからこんなに早く助けが来たのだ。賊の捕縛を終えたグイドも花の海を渡ってきた。ぐいと差し出されたのは、ニナが馬車から落とした巾着だ。

「こいつが落ちるところがちょうど見えてよ。街の中と外、どっちを探すべきか迷わなくて済んだぜ。しっかし衛兵どもときたら、拐《かどわ》かしだ追ってくれって言ってんのに重い尻を詰め所に据えたきり動きやしねえ」

それはそうだろうとニナは思う。王都にも衛兵は多かったけれど、平民が拐かされたくらいでは指一本動かそうとしなかった。王都の治安を維持するのが役目なのに、協力を得たいと思ったら地域の有力者や普段から心づけを欠かさないような金持ちに口を利いてもらわねばならなかったくらいだ。

「どうしてくれようと思っていたら、旦那が詰め所に繋いであった馬を盗んで駆けだした。よう、エンリコ。これを見ても、こいつらを捕まえない気か？」

先日会ったばかりの若い衛兵がうるさそうに言い返す。

「うるさいぞ。俺の仕事に口を出すな、グイド」

「おまえなあ。サーヤ大公妃がおまえらの怠慢で幼な子が拐かされたと聞いたら、それこそ激怒されるかもしれねえぞ」

衛兵たちの渋い顔を見たニナは立ち上がろうとした。

「あの、ありがとうございます。衛兵さんたちもわざわざこんなところまで……あれっ」

立てると思ったのに、足に力が入らない。おまけに目まで潤んできて。

「大丈夫か？」

クライヴの困ったような声音を耳にした途端、ほろりと涙が零れた。

「ニナ……」

困ったように呟いたきり口を噤《つぐ》んだクライヴの脇腹をグイドがつつく。

「……」

眉を顰めたクライヴに、行けとばかりに顎をしゃくって合図しているのはガスパロだ。

確かにクライヴとニナが本当に夫婦だったら、抱き締め合うところだろうけれど、残念ながらニナたちはそんな関係ではない。

クライヴは珍しく当惑を露わにしていたけれど、もう一度脇腹を突かれると、前に進み出た。ニナを抱き締める——代わりに天使さまを差し出す。

「うええ、にーにゃあ」

「お嬢さま……！」

ニナはべそをかいている天使さまを抱き締めた。

ゆっくりと呼吸を繰り返して足の震えが止まるのを待っていると、また蹄の音が近づいてくる。捕縛した帝国人を連行しに来たにしては随分と人数が多い。

彼らも衛兵なのだろうか少し制服が違うようだけれどと思いつつエンリコたちへと目を遣り、ニナは驚いた。エンリコたち衛兵がしゃちほこばって街道の端に整列していたからだ。

——何？

ざっという靴音が開けた平原に響き渡る。衛兵たちが左右に退くと、白馬に女座りした麗人が現れた。クライヴがさっと姿勢を正して頭を垂れたのと同時にグイドの慌てふためいた声が夕暮れ時の盆地に響く。

「あっ、サーヤ大公妃⁉　何でこんなところに……」

ニナは白馬から下り立った麗人をまじまじと見つめた。

この人がサーヤ大公妃……？

淡い金色の髪をすっかり結い上げ、白いうなじを露わにしたツァリル大公国のサーヤ大公妃は、お姉さまたち並みに美しかった。低めの鼻やまろみのある顔立ちは優しげだし、ニナを見下ろす眼差しはいたわりに満ち満ちている。

「どうぞ、楽にしてちょうだい。わたくしはサーヤ、ツァリル大公の妻です。子供の拐かしがあったと聞いてきたの、です、が――」

言葉が、途切れた。

皆がどうしたのかと見つめる先で、頬に手を当てたサーヤ大公妃は優美に頭を傾けクライヴを見つめている。

「わたくし、夢を見ているのかしら」

視線が僅かに動き、今度はニナが抱いた天使さまの上で止まった。美しい顔《かんばせ》に花が綻ぶような笑みを浮かべかけ――サーヤ大公妃は皆の前だと思い出したのだろう。咳払いして威儀を正した。

「んんっ、失礼。あんまり可愛らしい子がいるからびっくりしてしまいました。改めて、わたくしはツァリル大公国内でこのような蛮行が行われたことを大変遺憾に思っています。お話を伺いたいので、一緒にお城に来ていただけますか？」

「お城……!?」

貴族の屋敷で働いていたニナにとっても城は容易には足を踏み入れられない特別な場所

だ。畏《おそ》れ多すぎて腰が引けたけれど、既にクライヴが恭しく頭を垂れていた。

「御心のままに」

ニナはぎょっとする。この人、こんな騎士みたいな振る舞いができたのか。

「ありがとう。リリアーナ、城に着いたら彼らをわたくしの応接室に通してちょうだい。彼らはただの街人、護衛やメイドが大勢控えていると落ち着かないだろうから最低限の人数に抑えるよう、皆に伝えるのよ」

「かしこまりました」

サーヤ大公妃に付き従っていた女性が頷く。サーヤ大公妃が馬の首を返すと、衛兵たちの後ろから一台の馬車がしずしずと現れてニナたちの前に停まった。一人残っていた女性――多分この人がリリアーナだ――が手招きする。これに乗れということなのだろう。

ニナは振り返ると、街の男たちに頭を下げた。

「皆さん、ありがとうございます。このご恩は忘れません。ほら、お嬢さまもありがとうって」

注目を浴びた天使さまはニナの胸にしがみついたけれど、おずおずと手を振った。

「あり、あと？」

街の男たちが照れくさそうに頭を掻く。衛兵たちは反対に気まずそうに目を逸らした。

馬車に揺られて街道を戻る。夕陽に赤く染まっていた花原は夜に沈み、空には星が輝き始めていた。

＋　＋　＋

半月もの間クライヴを拒み続けた城門をニナたちはあっさり潜り抜けた。こぢんまりとした応接室へ通され汚れた服を気にするニナたちにリリアーナがにこやかにソファを勧め、お茶を淹れてくれる。懸命に身を乗り出しニナの傷を治そうとする天使さまをいなしていると、メイドが扉を開けた。

「サーヤ大公妃のおなりです」

クライヴが扉の方へと向き直り膝を折ったのを見たニナもぎこちなく膝を突く。入ってきたサーヤ大公妃はクライヴに摑まえられてなおニナへと手を伸ばそうとしている天使さまを見ると笑み崩れた。

「ああ、やっぱりツムギだわ！　その髪、その菫色の瞳、お兄さまそっくり……！」

長いローブの裳裾を引き摺りニナの前を通り過ぎたサーヤ大公妃は天使さまを抱き上げると愛おしげに頰擦りした。並んだ二人の顔を見たニナは気づく。

あまり高くないちんまりとした鼻にまろみを帯びた顔立ち。サーヤ大公妃と天使さまはとてもよく似ている。

「クライヴ、よくツムギを守り、わたくしの元まで連れてきてくれました。あなたにはどれだけ感謝してもし足りないわ」

クライヴが騎士のように掌を胸に当てた。

「これが俺の役目だ。礼には及ばない」

「相変わらず堅苦しいこと。でも、あなたらしいわ」

サーヤ大公妃とクライヴはどういう関係だったのだろう。サーヤ大公妃はクライヴに心を許しているようだし、クライヴも珍しく口角を上げている。野生の獣のように警戒心が強く、誰にも心を許さない人なのだと思っていたのに。

──サーヤ大公妃の前では、旦那さまもこんな顔をするんですね……。

気を許せる相手と再会できてよかった。本心からそう思っているのに、もやもやするのはどうしてだろう。

「席を外しましょう」

貴族らしい男性にそっと肩を押されて気がつけば、大勢いたメイドや護衛のほとんどが姿を消していた。二人がどんな話をするのか気になったけれど、ニナは頷き静かに部屋を出る。背後で分厚い扉が閉まる音がやけに大きく聞こえた。

＋　＋　＋

ニナを連れ出した青年はクライヴと同じくらいの歳に見えた。背はクライヴほど高くないものの、サーヤ大公妃の傍に仕えることを許されているだけあって見目がよく無害そうだ。育ちがいいからだろう、表情がやわらかく、癖が強すぎて鳥の巣のようになってしまっているアッシュブラウンの髪に何とも言えない愛嬌がある。

「お初にお目に掛かります。サーヤ大公妃たちが昔話に花を咲かせている間、もてなすよう仰せつかりましたダリオと申します。お名前を伺っても？」

改めて一礼して自己紹介したダリオに、ニナもスカートの裾を摘まんで小さく膝を折った。

「ニナです」

「ニナ、さま。家名は――」

薄々予想はついているのだろう。躊躇いつつも身の証しを求められ、ニナは小さくなる。

「ありません。あたし、貴族じゃないんです。だから『さま』もいりません。どうぞニナとお呼びください」

「サーヤ大公妃のお客さまを呼び捨てにするわけにはいきません。それにあなたのように可愛らしい女性の名前を呼び捨てにすることを想像しただけでほら、心臓が騒いでいます。僕の心臓のためにどうかニナさまと呼ぶことをお許しください」

片目を瞑っておどけてみせたダリオに、ニナは好感を抱いた。考えてみれば、主の客に『呼び捨てにしていい』なんて言われたらニナだって困ってしまう。

「では、恐縮ですが」

「ご理解いただけてよかったです。まず、怪我の手当てをしましょうか。ニナさま、こちらへどうぞ」

ダリオが恭しく扉を開き招き入れてくれた部屋は景色がよく、窓から満天の星空が望めた。昼間ならきっと花の咲き乱れる盆地が一望できたことだろう。

部屋には三人の女性が待っていて、膝を折って丁寧に挨拶してくれる。

「お待ちしておりました。改めて、わたくしはリリアーナと申します。こちらは、パメラ。わたくしたち二人でニナさまのお世話をさせていただきますので、何なりとお申しつけください。こちらのオルガは治療師です。ニナさまの手当てをさせていただきます」

治療師の印である黒いローブを纏ったオルガは、腰まで届く長い白い髪を細い三つ編みにした老女だった。膚には皺が寄っていて相当高齢のようなのに、仕草や表情は若々しく、声にも張りがある。

「ニナさま、こちらに。ダリオ坊はあっちを向いておいで」

子供扱いされた青年貴族が苦笑し後ろを向くと、ニナは衝立の後ろでメイドたちに手伝って貰い、服を脱いだ。

「……！」

女たちが息を呑む。ニナの躯は痣《あざ》だらけだった。

「どうしたんですか？」

ただならない気配を感じたものの振り返るわけにはいかないダリオに問われ、オルガが傷を検めながら淡々と報告する。

「腕の切り傷は、もう血が止まっているね。傷もごく浅いから、何事もなければ痕も残らず治るよ。それからこの、躯中の痣は――」

「躯中の、痣？」

「ああ。パメラ、シュミーズも脱がせておくれ」

「は……はい」

パメラはニナよりも年下のようだった。背に垂らした栗色のふわふわした髪は手入れが行き届いているし、肌艶もいい。身のこなしには品がある。今にも泣きそうな顔をしつつもニナのシュミーズを脱がせるところまでは頑張ってくれたものの、腹や背中まで痛々しく変色しているのを見たら耐えられなくなったらしい。小走りに部屋を出ていってしまった。

「すまないね。あの子は行儀見習いに来ている御令嬢で、こういったことに慣れていないんだよ。それにしても腕といわず足といわず斑《まだら》に内出血の痕が広がって酷い有り様だ。帝国人は残忍だって聞いたことがあるけど、あんたみたいな娘っ子相手によくまあこうも酷い真似ができたものだねえ」

痣の上にひんやりと冷たい軟膏を塗られ、ニナは身を縮めた。刺すようなにおいでわかる。この軟膏には最上級の薬草が使われている。これならすぐに傷は癒えることだろう。天使さまの力に頼る必要はない。

「これはあたしが、お嬢さまを離さなかったから」

「頑張ったんだねえ。何人もの男たちによってたかって痛い目に遭わされて、怖かったろう？」

別に全然怖くなんかなかったのに、そう言おうとしたら喉が引き攣った。

「こっ、これくらい……っ、なん、何でも……っ」

骨も折れていない。痣も軟膏など塗らなくても放っておけばそのうち治る程度だ。本当にこれくらい、大したことないのに。

乱暴に頭を撫でられたら、泣くつもりなんかなかったのに涙が出てきてしまい、ニナは慌てて手の甲で目元を拭う。

リリアーナが微笑んだ。

「いいんですよ、泣いて。こんなに酷いことをされたんです。ちっとも恥ずかしいことじゃありません」

いいわけなんかなかった。泣くのは己の未熟さを曝け出すことだ。特に人前で涙を零すのはいけない。お姉さまたちも言っていた。これみよがしに泣いて見せるなんて、同情を強請っているみたいでさもしいと。でも、嗚咽《おえつ》が止まらない。

「う……、ふう……っ」

「少し休みますか？」

「いいえ。どうか話を続けてください」

ダリオが気遣ってくれたけれど話をしていた方が気が紛れる。

ダリオは望み通りにしてくれた。

「――では。サーヤ大公妃は身を挺してツムギ姫を守ったニナさまに深く感謝し、傷が治るまで城でゆっくり養生していただきたいとおっしゃってました。今、部屋を用意させておりますし、食事は――」

ツムギ姫？

ニナは思わず衝立の陰から身を乗り出した。

「あの！　ダリオさま、あたし、実は今の状況がまるでわかっていないんです。お嬢さまはお姫さまなんですか？　旦那さまはサーヤ大公妃と知り合いだったのでしょうか」

リリアーナがいけませんとニナを衝立の陰に引き戻す。背を向けたままのダリオが僅かに首を傾げた。

「何も知らないということは、クライヴさまとニナさまは国元を離れてから出会い、夫婦となられたのでしょうか」

ニナはこくんと唾を飲み込んだ。本当は夫婦ではないのだけれど、そう言ったら教えて貰えないかもしれない。罪悪感を覚えつつニナは頷く。

「は、はい」

「そうですか……。まず、サーヤ大公妃が輿入れ前、マホロ聖国の王女だったことはご存知ですか？」

「はい」

「その後、サーヤ大公妃の兄上は即位され、王となられました。ツムギ姫はその御息女ですから、サーヤ大公妃の姪となられます」

「では本物の、お姫さま……？」

どくんと心臓が跳ねる。

「ええ。ツムギ姫はマホロ聖国唯一の王女です。王に男子はいませんでしたから、もし何事もなければいつかマホロの女王となっていたかもしれませんね」

すうっと血の気が引いていく。

尊い身の上なのだろうとは思っていたけれど、まさか王族、それも女王となったかもしれない生まれだとは考えたこともなかったのだ。

「旦那さまもマホロの貴族ですか？」

「いいえ。クライヴさまはマホロで行き倒れになっていたところをツムギ姫に拾われた異邦人だそうですよ。とんでもなく腕が立ったことから近衛の長に抜擢され、黒狼の異名で知られるようになったとか。サーヤ大公妃もマホロが滅ぼされる直前、里帰りした時に、立ち合うところを見て卓越した技に感心し、近衛を辞めたらツァリルへ来て欲しいと勧誘したと聞いています。これだけ聞くとどんな幸運の星の下に生まれたのかと思いますが、どこの生まれともしれない下賤の者を王族の傍に置くべきではないと反対する声も大きかったそうですから、本人はむしろ針《はり》の筵《むしろ》に座らされたように感じていたかもしれませんね」

知らない人の話を聞いているみたいだった。どうやら二人とも、本当ならニナなど傍に寄ることさえ叶わない存在だったらしい。

ふっと不安になる。自分などが二人の傍にいてよかったのだろうか。

包帯を巻き終わるとパメラがサーヤ大公妃からの贈り物だという新しい服を持ってきた。

女たちに手伝って貰い着ていると、一旦部屋から出ていたダリオが戻ってくる。

「ツァリル大公が、ニナさまを晩餐へ招待したいとおっしゃっているのですが、いかがなさいますか？」

疲れていたけれど、ツァリル大公からの招待を断っていいわけがない。喜んでお受けしますと返事をすると、髪が梳られ、化粧までされた。

時間になると食堂まで案内される。扉を潜ると、際立った長躯が目に入った。クライヴだと思い歩き始めたものの、ニナの足は途中で止まってしまう。

子守りでしかない自分がこれだけ飾り立てられたのだ、最大の恩人であるクライヴが磨き上げられていることくらい予想して然るべきだったのに。

――誰だろう、この人は。

少し前まで破落戸《ごろつき》のようだったクライヴが、貴人にしか見えなくなっていた。後ろに撫でつけられた髪は香油でも擦り込まれたのか艶めいている。上等な服を纏い貴族を相手に堂々と胸を張り話をしているクライヴは何だかきらきらしていて、自分などが傍にいてはいけないような気がした。

程なくツァリル大公が登場し、皆が立ち上がる。テーブルを囲む全員が一斉に礼を取るさまは壮観の一言だ。

サーヤ大公妃より二回りは年上に見えるツァリル大公はやわらかな笑みを浮かべていて

優しそうだった。最初にわざわざ皆の前で、クライヴだけでなくニナにまで感謝とねぎらいの言葉をかけてくれる。ありがたいけれど畏れ多すぎて、ニナはただただ小さくなっていた。

主賓扱いなのかクライヴがツァリル大公たちから一番近い席を与えられていたのに対し、身分が低い上に女性のニナの席は下座で、ダリオとも席が離れていた。周りにいるのは年嵩の男性貴族ばかりで、お喋りを楽しめそうにない。晩餐が始まるとニナは誰とも会話することなく豪華な食事を平らげるのに専念した。

同じ部屋の中にいるのに別の世界にいるみたいだった。周りにたくさん人がいるのに、ニナはひとりぼっち。滅多にない機会を楽しむべきなのに一人でいるより淋しくて、ニナは早く部屋に帰りたい、できることなら天使さまの腹に顔を埋めて乳くさいにおいを嗅ぎたいなんてことを考え貴重な時をやり過ごした。

＋　＋　＋

翌朝。小鳥のさえずりに目を覚ますと、ちょうど太陽が山々の向こうから顔を出したところだった。起き上がろうとして、ニナは小さく呻《うめ》く。全身が痛い。でも、いつまでも寝ているわけにはいかない。少し動くだけでも軋《きし》む躯を叱咤《しった》しベッドを出ると、ニナは服を着替えて髪を編んだ。

「昨日の旦那さま、かっこよかったなあ」

それだけに格差を感じてしまったけれど、そもそもニナは奴隷、格差があって当たり前なのだ。奴隷としてはむしろ、主が破落戸《ごろつき》ではなく近衛の長だったことを喜ぶべきだろう。あれこれ考えているうちに馬車から落ちた自分を抱き起こしてくれた時に感じた腕の逞しさや、服越しに感じた躯の熱さまで思い出してしまったニナはぼすんとベッドに倒れた。枕を顔に当ててもだもだしているとリリアーナが朝のお茶を運んでくる。

「おはようございます」

「あ……おはようございます」

慌ててベッドを整えようとすると、リリアーナがころころ笑った。

「まあまあ、ニナさまはお客さまなんですから、そんなことしなくていいんですよ」

「あ……そういえばそうですよね。いつもやっていたから、つい」

お茶を受け取ると軽く吹いて湯気を飛ばし、口をつける。リリアーナが淹れてくれたお茶は香り高く、朝からとても贅沢《ぜいたく》な気分になれた。

「はあ、美味しいです……。さて、お嬢さまはどこですか？　あたし、お嬢さまのお世話をしないと」

「ニナさま。怪我をしているのですから、今日のところは私たちに任せてゆっくり躯を休めてください」

「でも、お嬢さまは人見知りが激しくて、旦那さまとあたし以外寄せつけないから」

リリアーナがおっとりと頬に手を添える。

「まあ、そうなんですか？　でも、クライヴさまは絶対にニナさまを連れてくるなとおっしゃってましたよ」

「え」

目の前が真っ暗になった。

——ニナはもういらない？

「また眠ることになったら困るとのことでしたが、どういう意味かおわかりになります？」

「眠る？」

癒やしの力のことだとニナは思った。昨日も天使さまは隙あらばニナの傷を癒やそうとしていた。人目のあるところで力を振るってしまいかねない天使さまを、クライヴはニナを視界に入れないことで阻止《そし》するつもりなのだろう。でも、ニナがいなくて天使さまがぐずらずにいられるだろうか。

「わかりました。でもそれじゃあ、あたしは何をすればいいんでしょう……？」

ニナが途方に暮れた顔をすると、リリアーナは笑った。

「何もしなくていいんですよ、怪我をなさっているんですから。まずは朝食にいたしましょう。たくさん食べて体力をつけるんです。その後オルガが来ますから、もう一度傷の様子を診て貰って、その後は寝てもよし、お茶にしてもよし。のんびりしてください」

「それじゃあ二度寝というのをしてみようかしら」

子爵家のメイドたちは皆それが好きだったけれど、礼拝のために早起きするのが習慣づいていたニナはしたことがない。

取りあえず朝食を済ませ傷を診てもらう。その後ベッドに戻ってさて二度寝しようと横になったものの、朝起きたばかりなのに眠れるわけがない。しばらくの間寝返りを繰り返していたものの、じっとしていると強張った躯がますます固まってしまいそうで起き上がり、ぼーっと窓の外を眺めていると、今度はパメラが提案してくれた。

「ニナさま、物見の塔に上ってみませんか？　階段を上らなければなりませんが、とても眺めがいいんですよ」

「塔……」

城は街の一番高い場所にある。ニナの部屋から見える景色もなかなかのものだったけれど、他にやることもない。

「行ってみたいです」

髪や服を整え直して物見の塔に向かう。急な螺旋《らせん》階段を上り扉を開けた先に広がっていた景色は、パメラが言った通り見事だった。

「……わあ」

ニナの部屋からだと建物の凸部が邪魔して見えなかった街も、盆地も、延びていく街道の先まで見渡せる。

笑い声が聞こえてきたので下を見ると、吹き抜けを利用した中庭で、幼な子——天使さまがよた、よた、と歩いているのが見えた。向かう先にいるのは着飾った若い女性——サーヤ大公妃だ。クライヴもいる。

しゃがんで待ち構えていたサーヤ大公妃に天使さまが抱きつくのを見たニナの、手すりを摑む手に力が籠もった。

どういうことだろう。お嬢さまの特別はニナとクライヴだけではなかったのだろうか。サーヤ大公妃は天使さまの叔母だ。以前会った時の記憶が残っていたのかもしれない。浮気者などと思うのはお門違いだし不遜《ふそん》だけれど——ニナには心に立ったさざなみを消すことができなかった。

クライヴや天使さまと和やかに過ごすサーヤ大公妃は、ニナよりずっと母親らしく見えた。年齢的にもクライヴと釣り合いがとれていて、本物の家族のようだ。もちろんサーヤ大公妃にはツァリル大公という夫がいる。家族になどなるわけない。ニナの居場所を奪ったりしない。

――そう思おうとしたけれど、ニナは厭なことに気づいてしまった。クライヴがニナを買ったのは天使さまの世話まで手が回らなかったからだ。でも、ここにはサーヤ大公妃もメイドもいる。ニナがいなくても問題ない。

――でもあたしは、天使さまを守った。

そう縋るように思ったもののそもそもニナが天使さまを連れて城になど行かなければ襲われなかったかもしれないのだ。

世界が揺らぐ。自分などいない方がいいように思えてくる。こうしてはいられない、何かしなければ。ニナは役に立つのだと思って貰えるような何かをと思った刹那、クライヴが頭を仰け反らせニナたちの方を見た。

ニナはとっさに躯を引き、手すりの陰に隠れる。笑って手を振ればよかったのになぜ隠れてしまったのだろう。傍に控えているパメラはクライヴがいるのに気づかなかったらしく、挙動不審なニナを訝しげに見ている。

もう部屋に戻ろうと思ったら階段から足音が聞こえてきて、ニナは肩をびくつかせた。クライヴだろうか。でも、結構距離があったのに覗いていたのが自分だと気づくわけない。そうニナは思ったけれど、扉を押し開け現れたのはやっぱりクライヴだった。

「ニナ、なぜ隠れた」

つかつかと近づいてくるクライヴは相変わらず頭の天辺から足の先まで黒ずくめという不吉な格好をしていた。何となく顔を見られなくてニナは俯く。

「あの、お邪魔かなと思って……」

「邪魔？　そんなことがあるわけないだろう。変な気を遣うな。ちょうどいい、おまえに話しておきたいことがある」

思わずパメラを見ると恭しく一礼された。

「それでは私は下で待っておりますので、ごゆっくりどうぞ」

二人きりになると、クライヴは手すりに寄りかかった。

「怪我はもう大丈夫なのか」

「はい。大した怪我じゃないですから。それよりお城の人たちに聞きました。お嬢さまはマホロ聖国のお姫さまだったんですね。旦那さまも近衛の長を務めていらしたとか」

クライヴは気まずそうにそっぽを向いた。

「ああ。俺もおまえと同じように大怪我をしていたところをツムギに助けられマホロ聖国に剣を捧げた。いずれはツムギがマホロの女王になると知り、支えになろうと近衛の長などという不相応な役目も請けた。だが、マホロ聖国は滅ぼされた。ツムギの異能を嗅ぎつけた帝国によって。こうなることを懸念して秘匿していたのに、誰かが秘密を漏らしたのだ」

親を喪ったと聞いた時、ニナは天使さまを自分と同じ境遇にあるのだと思った。この子もすべてを失った淋しい身の上なのだと。でも、全然違った。天使さまは滅んだとはいえ一国の王女で、守ろうとしてくれる人もいた。

「俺は戦うしか能のない男だ。一国の王女を守り育てるなど荷が重い。おまえを買った時の俺はツムギを満足に世話してやれない罪悪感と不甲斐ない己への怒りで頭がおかしくなりそうだった。誰でもいいから助けて欲しかったが、もし迂闊なことをして帝国に知られたらと思うと何もできず、思いついた唯一の打開策が、奴隷を買うことだった」

出会った時、ああも荒んだ目つきをしていたのはそういうことだったのかと、ニナは今更ながら納得する。育児で消耗していただけの男に、ニナは本気で殺されると思って脅えていたのだ。

「奴隷制度については思うところもないではないので迷ったが、今は踏み切った自分を褒めてやりたい気分だ」

「……どうして、ですか」

「おまえを買えたからだ。おまえがいてくれたおかげで、俺たちはツァリル大公国まで辿り着くことができた。帝国はまだツムギを諦めていないが、ここにはサーヤがいる。ツァリル大公の協力があれば身を隠すのはたやすいし、バレたところで地理的に簡単には攻め入れない」

クライヴはここに腰を据え、天使さまを育てるつもりなのだ。

「ニナ、おまえには感謝している。俺たちが今あるのはおまえのおかげだ」

厭な予感がした。

クライヴは姿勢を正し、まっすぐにニナを見つめている。

「これまでの働きの報酬として、おまえを奴隷身分から解放する」

頭の中が真っ白になった。

――あたしはもう、いらない。

「行きたいところがあるならどこまでだって送ってやる。ツァリルで薬屋を開くなら、サーヤ大公妃が全面的に支援してくださるそうだ。おまえはどこに行って何をしたい？」

「あたしは……お嬢さまに仕え続けたいです」

クライヴは困ったような顔をした。

「ツムギはツァリル大公の養子になる。帝国の目を誤魔化すため、ツァリル大公の遠縁にあたる公国貴族の遺児を引き取ったという形にする予定だ。ツァリル大公の娘に仕えるには信用するに足る身分がいる。一応聞いてみるが、おまえでは難しいかもしれない」

貴族の屋敷に勤めたことのあるニナにはわかっていた。雇った人間が刺客《しかく》だったり、立場を利用して幼な子に妙なことを吹き込むような輩だったりすると困るから、ニナのように身元を保証する人間が誰もいないような者を雇うことはできないのだと。

でも、ニナは天使さまと引き離されたくなかった。

「それでも、どうかサーヤ大公妃にお伝えください。ニナをお嬢さまのお傍に置いてくだされば必ず役に立つと。あたし、子守りだけでなくメイドがするようなことは一通りできます。馬にも乗れますから有事の際にはお嬢さまを連れて逃げることができますし、それに――」

ニナは一瞬言い淀んだ。これまで秘密にしていたことまで明かそうか迷ったのだ。

でも、逆効果になっては困る。当たり障りのないことだけ言うにとどめる。

「それに、昨日わかったでしょう？ あたしは身を挺してもお嬢様をお守りすると。絶対に後悔させませんから、どうか――どうか、お願いします」

クライヴの顎が僅かに引かれた。

「わかった。身の振り方が決まるまで、おまえはサーヤ大公妃の客分として扱われる。何も心配はいらない。必要なものがあればメイドに言え」

「はい。ありがとうございます」

クライヴが階段を下りていくと、ニナは何度も深呼吸した。気持ちを落ち着けるためにもう一度天使さまを見ようと中庭を見下ろしてみたけれど誰もおらず、迷い込んだつむじ風だけが天使さまがちぎったのであろう草の葉をくるくる舞わせて遊んでいた。

＋

＋

＋

ぺた、ぺた。

ぺた、ぺた。

気がつくとニナは色とりどりのはなびらを浴びながらふらふらと走る天使さまを追いかけていた。天使さまの頭の上にはとっくに萎れて捨ててしまったはずの花冠が乗っている。追いついて抱き上げると、天使さまはにぱーっとお陽さまのような笑顔を見せてくれた。

ニナの心は幸福ではち切れんばかりになる。ニナの天使さまの可愛さそのものが、もはや女神さまの恩寵だ。

ニナが天使さまを高く掲げたまま、くるくると回ろうとした時だった。

「おはようございます、ニナさま。あっ、申し訳ありません、まだお休み中でしたか？」

パメラの声がすると同時に白い光が溢れ、ニナはあまりの眩しさに寝返りを打った。天使さまのやわらかな重みは消え、ニナは朝陽が燦々と射し込むベッドの上で一人横になっていた。どうやらニナは夢を見ていたらしい。

「お嬢さま……」

天使さまに会いたいという飢えにも似た気持ちが急激に膨れ上がる。もちもちの躯をだっこしたいし、ほっぺたをむにむにしたい。にーにゃと呼ぶ声が聞きたい。

枕を引き寄せ天使さまの代わりにぎゅうと抱き締めたニナに、パメラがお茶を差し出す。

「ニナさま、お茶を飲まれますか？　それとももう少し寝られますか？」

「……もう起きます……お茶をください……」

ぼーっとお茶を飲んでいると、パメラがニナの着替えの準備をしながら城内の最新情報を教えてくれる。ツァリル大公が天使さまを養子にするのは本当だったらしく、早くもお披露目の準備が進行しているという。国内の主立った貴族だけではなく、関係の深い近隣諸国の貴族や商人も招待するらしい。

「今日早速、サーヤ大公妃とお揃いの衣装や額飾り《サークレット》をあつらえるため、商人が呼ばれるそうですよ」

「お披露目……おめかししたお嬢さま、あたしも見たいです……」

「そうですよね！　でも、外つ国からも賓客がいらっしゃる公式な式典ですから、ニナさまが連なるのは難しいかもしれません。クライヴさまも客ではなく護衛としてツムギ姫につき添われるって聞きました」

「護衛としてでも列席できるなんて、狡《ずる》いです……」

夢を見たせいだろうか、聞き分けよく受け容れることができない。つい先日まで傍にいるのが当たり前だったのに今では会うこともままならないなんて、やるせなさすぎる。

「ツァリル大公もサーヤ大公妃も、ご自分の子を望んでおられるでしょうに……養子にして貰って、大丈夫なのでしょうか」

「大丈夫に決まってます。サーヤ大公妃はお優しい方ですし、継承権は与えられないそうですから。それにもう、サーヤ大公妃だけでなく皆さま、ツムギ姫の可愛さにメロメロになっているんですよ。大公城一気難しくて意地悪な文官も、こんな可愛い子見たことないと目を細めていたとか」

天使さまの愛らしさを考えれば当然である。我がことのように嬉しい反面、淋しさが募る。

天使さまのことだから泣いてごねてすぐニナを呼び戻してくれるだろうと思っていたのに何の音沙汰もない。愛してくれる人がたくさんできたから、ニナなどいなくても大丈夫ということなのだろうか。

胸にぽっかりと穴が空いたみたいだ。

「旦那さまもツァリルでやっていけそうなのでしょうか」

これ以上天使さまの話をしていたら泣いてしまいそうで話を変えると、パメラが吹き出した。

「ニナさまは、クライヴさまの心配までされているんですか？」

クライヴは大の大人、心配するのはおかしいのかもしれないけれど。

「だ、だって、旦那さまって無愛想なんですもの。あの目つきですし不器用だから、誤解されることも多いですし」

「まあ。ふふ、確かにクライヴさまには年齢にそぐわぬ凄みのようなものがおありですが、城内の者は皆、あの方を可愛らしい方だと思っているんですよ」

「可愛らしい……？」

何てクライヴにそぐわない言葉だろう。

「はい。ニナさまがいらっしゃらないからでしょう。今、ツムギ姫はクライヴさまにべったりなんです。どこに行くにもくー、くー、って。雛鳥のようについて歩いて」

……確かに随分と可愛らしい光景である。

「クライヴさまもだっこを強請られると、怖いお顔でお仕事をなさっていても手を止めて、抱き上げられるんです！　頬擦りされることもあるんですよ⁉　そのさまが何とも微笑ましいと、今、城内の女たちの間で評判になっていて」

「……確かに、大きくて強そうな旦那さまが恐る恐るお嬢さまを愛《め》でる姿には何というか、ときめくものがありますよね」

「それにほら、元々クライヴさまはお顔が大変よろしいですから」

その点についてはニナも同意せざるをえない。

昨日と同じように朝食を取り、オルガに傷を診て貰う。終わってまた暇になってしまうと、パメラとリリアーナが二人がかりであれこれと提案してくれた。

「仕立屋を呼びましょうか。一枚しか服がなくては困りますし」

「お貴族さまでもないのに、何枚もいらないです。それに街で新品の服なんか着ていたら、悪目立ちします。――そうだ、山に行ってきてもいいですか？」

ツァリルの空は今日も晴れ渡っていた。山に行けば気分も晴れそうだし、もうほとんどなくなってしまった薬草の補充もできる。でも、これにはパメラが難色を示した。

「怪我が治るまで山歩きは控えた方がよろしいかと。それにその服で行かれるおつもりですか？」

ニナは自分の躯を見下ろした。サーヤ大公妃に貰った服は上等で明らかに山向きではない。

「もし字が読めるなら図書室がございますが、いかがですか」

リリアーナの提案に、ニナは勢い込んで立ち上がった。

「行きたいです！」

子爵家には飾り程度にしかなかったけれど子羊の館には立派な図書室があり、流行のロマンス小説から難しい専門書まで揃っていた。かつてのニナはお姉さまを煩わせなくても知識を得られると、暇さえあれば図書室に籠もって本を読んだものだ。王都に行くことになった時には既に蔵書のすべてを読破し、読むものがなくなってしまっていた。

増築に増築を重ねてきたらしい城の構造は立体的でわかりにくく、時々妙な空間があると思って覗くと、下の階層にある広間や小さな庭が見えたりする。

図書室は複雑に折れつつ延びる通路の先にあった。あまり広くないけれど、どっしりとした椅子とテーブルだけでなく寝転がれる大きさの長椅子もあってなかなか居心地がよさそうだ。湿気が籠もるのを防ぐためあちこちに小窓が穿《うが》たれていて、小鳥のさえずりが聞こえる。

「ここならあまり人も来ませんし、くつろげるかと思います。昼食の時間になりましたら迎えを寄越しますので、ごゆっくり」

「ありがとう」

パメラが出ていくと、ニナはゆっくりと書棚を見て回った。この部屋を管理している人は本にまるで興味がないようだった。書棚には子供向けの本と貴族年鑑が一緒に並んでいる。丸めて突っ込んである紙束が目に入ったので抜いてみたら、城の見取り図だった。他国の密偵や賊に悪用されたらどうするのだろう。

無造作に突っ込んであった図面を順番に並べ直してきちんと棚にしまい、すぐ横に立てかけてあった本を手に取る。今度はこの辺りに自生する薬草の絵や採取の仕方、採取場所——ツァリル周辺山地の地図つき！——が記されていた。山が険しすぎていくら地図があっても軍を送り込むことはできないとはいえ、危機感に欠けている。一度も侵略を受けたことがないせいだろうかと思いつつ本をぱらぱらめくっていたら、声が聞こえた。

――ねえ、ツムギ姫を外つ国から送り届けてくださったクライヴさまって騎士、ご覧になって？

――いい男よねえ。無愛想だけど、だからこそ遊んでないって感じがしていいわ。黒髪もエキゾチックだし！

――腕も立つそうよ。騎士団長と手合わせして圧勝したんですって。

――だからなのね。衛兵にならないかってツァリル大公直々に誘っていらしたわ。ところであの方、決まった方はいらっしゃるのかしら？

――一緒に旅してきたっていう、ツムギ姫の子守りと結婚しているって聞いたけれど……。

――あら私はあの子、別に恋人でも何でもないって聞いたわ。

――本当⁉

ニナは本を棚に戻すと、室内を見回した。壁に不規則に穿たれた小窓に歩み寄り、覗いてみると、下方に使用人用らしい外階段があった。リネン類を抱えたメイド三人が、なぜか拳を突き合わせている。

――いい？　誰が勝っても恨みっこなしだからね。

――城にはもうろくな男が残ってないし、負けないわよ。

――これが最後のチャンスかもしれないものね。

この図書室には小鳥のさえずりだけでなく、メイドたちの噂話《さえずり》まで聞こえてくるらしい。どうやらクライヴはこの城の女性たちに大人気のようだ。

――あたしを解放したところで、旦那さまは何も困らないのね。

彼女たちが喜んで尽くしてくれるに違いない。何をする気もなくなってしまい、ぽすんと長椅子に腰掛けると、どこからともなく鐘の音が聞こえてきた。

「今、何時なんだろう」

ニナは片手で胃の上を押さえた。空腹感があった。今のはお昼の鐘だろうか。迎えはまだだろうかとそわそわしているとノックの音がして、自由奔放なアッシュグレイの癖っ毛に覆われた頭が覗いた。

「失礼します、ニナさま。お迎えに上がりました。昼食の席にエスコートさせていただいても？」

緩い笑顔を向けられ、ニナも笑みを返す。

「あっ、はい、喜んで。……でもダリオさま、いいんですか？」

「いいんですか、とは？」

「一人で昼食をしたためるのは好きじゃないから、エスコートして貰えるのはとってもありがたいんですけど、ダリオさまは貴族でしょう？　身分的に、つき合っていただくのは申し訳ないかと」

　立ち居振る舞いから察するに、ダリオはパメラなどとは比較にならない高位貴族だ。もしニナに奴隷商で売られていた過去があると知ったら、丁重にもてなしたことを後悔するのではないだろうか。だから遠回しに断ろうとしたのに、ダリオは引くどころか手を差し出してきた。

「身分がどうあれ、ニナさまはサーヤ大公妃の大切なお客さまです」

「あっ、わかりました。あたしをもてなすというお役目を、ダリオさまはまだ解いて貰えていないんですね。じゃああたしからサーヤ大公妃に申し上げます！」

　差し出した手を取らずにいると、眉を顰められた。

「ニナさまがお嫌でなければ、どうかそんなことはしないでください」

「でも……」

「お願いです。僕はもっとニナさまの話を聞きたいんです」

「話……？」

　やわらかな印象を与える榛色《はしばみいろ》の目が細められる。

「ニナさまが宿代を稼ぐため、ツァリルに来てすぐ薬屋を開いたという話は本当ですか？」

「あっ……」

ニナは理解した。誰かが、ニナがツァリル大公国に来てからどんな日々を送っていたのか、ダリオに話したのだ。

「姫と共に誘拐された時は手掛かりになるよう、お茶を売る時に使っていた袋を馬車から落としたそうですね。その辺の武勇伝をぜひ聞かせていただきたい」

ダリオが普段接する貴族のご令嬢は淑《しと》やかだ。お金に困ったからといって自分で稼ごうと考えたりしない。つまり、ダリオにとってニナは珍獣のようなものなのだろう。

どうせ天使さまには会えないし、クライヴは新しい人生を歩みつつある。誰にも構って貰えないニナには本を読む以外することすらない。

——本当はサーヤ大公妃に断られた場合の身の振り方を考えておいた方がいいのだろうけれど、そんな『場合』なんて考えたくないから。

ニナはダリオの手を取った。時間潰しにちょうどいいくらいの気持ちだったけれど、それからダリオは毎日昼になるとニナを誘いに来て、話を強請るようになった。

＋　＋　＋

今日は天気がいいからと連れてこられた公城内でも見晴らしのいいテラスには、テーブルが一つだけ鎮座していた。

料理が運ばれてくるまでの時間を潰すため、手すりに寄りかかり景色を眺めていたニナは、荷馬車に交じり今まで見たこともないほど立派な馬車がやってくるのを見つける。

「ダリオさま、凄く豪華な馬車が来ます」

「多分、ツムギ姫のお披露目に招待されたお客さまが乗っているんでしょう」

「お客さま？　お披露目はいつ行われるんですか？」

「二週間後です」

「……早くないですか？」

外つ国からも客を招待する公式行事ともなれば準備に最低でも半年、下手をしたら一年以上掛けるのが普通だ。もう客が来るのはおかしい。

「まあ、そうなんですけど、のんびりしていると長雨の季節が来てしまいますから。今は毎日晴れていますが、ツァリルでは一回降り始めると一月《ひとつき》以上降り続けて盆地が湖のようになってしまうんです。そうなってしまったら街道は通れません。いつになったら水が引くかは女神さまのお心次第、一月《ひとつき》掛からないこともあれば、秋になっても泥濘《ぬかる》んでるということもあります。今やっておかねばいつできるかわからないので、異例ではありますが大急ぎで開催する運びになったんです」

ニナは風に緑が揺れている盆地が湖と化したさまを想像してみる。

「ここが全部水で覆われてしまうんですか？　農地も水没してしまったら食べるものに困ってしまいそう」

「毎年のことですので食料は充分備蓄してありますし、浅い水の中で育つ農作物もありますから。特にあの辺りは雨が止むと同時に白い花が水面を埋める勢いで咲いて、とても綺麗なんですよ」

ダリオが指さした辺りには草原が広がっていた。

「今までツァリルが侵略を許さずに来られたのは、だからなんですね」

「地の利もありますが、ツァリル大公が外交に力を入れておられますから」

ダリオがさりげなくニナの手を取り、テーブルへとエスコートする。

椅子を引かれ、座ると、給仕が恭しく皿を運んできた。色とりどりの野菜を煮固めた料理を小さく切って口に運ぶと、山菜に酸味のある木の実に根菜など、様々な味が口の中でほどける。

「お披露目なんかしたら、帝国にお嬢様の存在を知られませんか」

「人の口に戸は立てられません。ツァリル大公が養子を迎えたという情報は遅かれ早かれ帝国に伝わります。ツァリル大公はあえて大々的にお披露目することによって別人だと印象づけるおつもりなんです。ツムギ姫には新しくツァリル風の名前をつけさせていただきます。当日は髪の色を変え、男の子の格好もされます。そうすれば列席者が、ツァリル大公の養子はツムギ姫とは似ても似つかない男の子だと帝国まで広めてくれるでしょう」

「国の上に立つ人って、頭がいいんですね……」

ニナはすっかり感心してしまった。ツァリル大公にこれだけの手腕があったからサーヤ大公妃は帝国の手に渡らずに済んだのだろう。天使さまもツァリル大公の元にいればきっと帝国に煩わされることなく健やかに成長できる。いつかは無精髭の男を見ても泣かずに済むようになるかもしれない。その時ニナはどこにいるのだろう。

「お披露目、うまくいって欲しいです。……あの、ダリオさま、その日だけでもいいのであたしをメイドとして雇って貰えないでしょうか。あたしもお嬢さまの晴れ姿が見たいんです」

「えっ、ニナさまは招待されているのでは？」

「あたしはそんな晴れがましい席に出られるような身分ではありませんから」

そういうきらきらした場は貴族のもの。そういう意識がニナにはある。だから参加できそうにないとわかった時もすんなり受け容れたのだけれど、ダリオは憤りを感じてくれたようだ。

「ツムギ姫が無事ツァリルに辿り着けたのはニナさまのおかげ、むしろ一番に招待されて当然なのに、何を言っているんですか。――そうだ、ニナさま。それなら、僕のパートナーになってください！」

ニナだけでなく給仕までぎょっとしてダリオを見た。

「駄目です。そんなことをしたら、本来のダリオさまのパートナーに恨まれてしまいます」

「僕にはパートナーなどいません。お披露目には一人で出席する予定でした」

「パートナーがいない？　奥さまも婚約者もいないということですか？　そんなの、信じません。もしそうならダリオさまのような方をこの城の女たちが放っておくわけがありませんから」

外階段でお喋りしていたメイドたちが言っていた。この国にはいい男が不足していると。ダリオは貴族で顔がよくて物腰もやわらかい。彼女たちが見逃すわけがない。

「正確に言うと、婚約者はいたんですけど、他の男との子を妊娠してしまったというので、婚約を破棄したんです」

「えっ……あっ、厭なことを思い出させてしまって、ごめんなさい……」

何も知らなかったとはいえ、言いたくなどなかったであろう醜聞を打ち明けさせてしまい、ニナは恐縮する。

「お気になさらず。彼女には以前からとんでもない失礼を働かれることが多々あったんですけれど、その時も不貞を働いたくせになぜか僕と結婚する気満々で、婚約破棄が成立するまで苦労させられました」

眉尻を下げて困ったように笑うダリオの雰囲気はやっぱりやわらかく、怒っているようには見えない。鳥の巣のような癖毛のせいか、気弱な弟のような気安ささえ覚える。

「ダリオさまはお優しいから。何でも許してくれるって勘違いしてしまったんですね、きっと」

「侮られていただけです。強引に押し切れば言うことを聞く程度の男だと。僕はそんなに優しい男じゃないんですけどね。でもまあそういう訳ですので、障害はありません。ニナさま、一緒にお披露目に行きましょう」

ぐるっと一巡りして話は振り出しに戻った。

「本当にいいんですか？　あたしみたいなのを連れていったら、ダリオさまが怒られませんか？」

「心配ならツァリル大公に許可を取りましょう。ツァリル大公がいいとおっしゃったらも う問題ないですよね」

どうしてだろう。逃げ道を塞がれたような気分になった。

「……は、はい。あの、ありがとうございます」

「ああ、クライヴさまにはニナさまからちゃんと説明しておいてくださいね。不埒《ふらち》な目的でお誘いしたわけではないという辺りを特に明確に」

カトラリーを手にしたまま、ニナはことりと首を傾げた。

「別に旦那さまは気にしないと思いますけど」

「本当ですか？　クライヴさまは素晴らしく腕が立つと伺っています。浮気したと誤解して、剣を片手に乗り込んでこられたら、僕は女神さまの元へ召されてしまいます」

そこまで言われてようやくニナは気がつく。ダリオはまだクライヴとニナを夫婦だと思っているのだ。

もう違うと明かしてもいいのか悪いのかわからなくて、ニナは曖昧に言葉を濁した。

「あー、そう、ですね。そういえば、そうでした。いつ旦那さまに会えるかわからないですけど、言っておきますね」

「どういう意味ですか。ニナさまは、クライヴさまと自由に会えないいんですか？」

「旦那さまはお城の上の方にいらっしゃるから……」

城の上部にはサーヤ大公妃たちの部屋がある。その辺りへは、許可を持っている人しか入れないらしい。取り次いで貰えばいいのかもしれないけれど、サーヤ大公妃たちの傍近くで働く人たちは貴族だ。大した用もないのに高貴な方々の手を煩わせることなどニナにはできない。

「そういえば、なぜニナさまだけあんなに離れた客間を使っていらっしゃるんですか？　まさか、身分が違うからではありませんよね？　だとしたら許し難いことです。すぐ僕がクライヴさまと一緒の部屋にするように言って――」

今にも立ち上がりそうなダリオをニナは慌てて止める。

「い、いいですっ、旦那さまと違う部屋を使っているのは、その、それが一番いいからで、一緒にされたら逆に困るというか」

「そうなんですか？　でも、なかなか顔が見られなくて淋しいのでは？」

「……」

と胸を突かれ、ニナは美しく盛りつけられた料理の上へと視線を落とした。

自分は淋しいのだろうか。

「クライヴさまと最後に会われたのはいつですか？」

ニナはぼそぼそと答える。

「城に来た、翌日です」

「えっ、じゃあ十日以上も会っていないんですか!?　こんなに素敵な方をほったらかしにするなんて、クライヴさまは酷い人ですね」

きゅうっと胸が苦しくなった。物見の塔で会ってから二週間近く経つのに、クライヴからは何の音沙汰もない。天使さまもだ。

ニナは天使さまやクライヴを支えているつもりだったけれど、二人にとってニナは別に必要な存在でも何でもなかったのだろう。仕方がない。どれだけの献身を重ねたところで心を傾けて貰えるとは限らない。子羊の館にいた頃と同じだ。お姉さまたちは何もしなくても出会う男性すべてを何でも言うことを聞く恋の奴隷にできたのに。

「あたしを素敵だなんて言ってくださるのは、ダリオさまくらいです」

――あたしの何がいけないんだろう。一体どうしたらよかったんだろう。

ダリオがカトラリーを置き、テーブルの上に乗せられていたニナの手を握る。

「何を言うんですか。ニナさまほど勇気があり、心の美しい女性はいません。もっと自信を持ってください。ニナさまはツムギ姫を救ったんですよ」

クライヴに比べて線が細い印象があるものの、ダリオの手もちゃんと骨張っており男らしかった。クライヴとの夫婦関係は帝国の目を晦《くら》ませるための偽装で誰と何をしたってニナの自由のはずなのに、いけないことをしているような罪悪感を覚え、ニナはそっと手を引っ込めた。

+　　+　　+

その夜、夕食を終え、湯浴みをするため服を脱ごうとしたニナは、三つ編みに結んでいたリボンが片方なくなっていることに気がついた。

適当な紐で縛っているのを見かねたリリアーナが持ってきてくれたリボンの色はニナの瞳と同じ明るい緑色、手触りがよく端には刺繍《ししゅう》も入っていたから、平民にはとても買えない高価なものに違いない。なくしたなんて言えない。

ニナは服を脱ぐのを止め、考え込む。一体どこでなくしたのだろう。

いつも必ずどちらかが傍に控えているリリアーナもパメラも湯殿の準備をしに行っていて部屋にいない。ちょうどいいと、ニナは一人で捜しに行くことにした。いつなくしたか全然わからないので、今日行った場所を順番に巡っていく。

見晴らしのよい渡り廊下。午前中のほとんどを過ごした図書室。

昼食を取ったテラスに出ようとして人影がいくつもあるのに気がついたニナは、踏み出しかけていた足を引っ込めた。

「美しい夜だな」

聞こえてきた声はツァリル大公のもののようだった。釣られて見上げた空には無数の星が煌めいていて目を奪われる。

「ニナといったか、ツムギ姫と共に来た娘と仲良くやっているようだな」

いきなり自分の名前が聞こえてきたことに驚いていると、ダリオの声まで聞こえてきた。輪郭くらいしか見えなかったからわからなかったけれど、人影の一つはダリオだったらしい。他はツァリル大公の側近だろうか。

「サーヤ大公妃の客人ですから。精いっぱいもてなしております」

「私の命を忘れてはいないだろうな」

「もちろんです。結論から言えば、ニナさまがツァリルに害をなす可能性はないと断言できると思います。ニナさまはマホロ聖国人ではありませんし、クライヴさまと出会ったのもごく最近――クライヴさまとツムギ姫がマホロを逃れた後で、二人がマホロの姫と近衛の長であることすら知りませんでした」

「ただの平民の娘にしては誘拐時の対処が鮮やかすぎるようだが」

「たまたまうまくいっただけではないでしょうか。ニナさまは幼少時に親を亡くしてからずっとジ・ディリ王国の貴族の庇護下でメイドとして働いていたそうですから。最初は『子羊の館』という森の中の屋敷で、次は王都のマルティン子爵家で」

「『子羊の館』？　どこかで聞いたな……」

子羊の館を知っている……？　館の名前など近隣の村の人間くらいしか知らないと思っていたのにツァリル大公はどこで聞いたのだろうとニナは不思議に思った。

「実際に働いていたかどうか人をやって調べさせましょうか。結果が届く前に長雨の季節に入ってしまうと思いますが」

「ふむ。そこまでする必要はないだろう。クライヴと違って私たちの傍近くに仕えるわけでもないのだからな」

「では、監視は終了ということでよろしいですか」

ニナは無意識に前のめりになっていた躯を戻すと、壁に寄りかかった。

ダリオは別にニナに会いたくて毎日のように昼食に誘ってくれたわけではないらしい。

もちろん、突然現れたどこの馬の骨とも知れない存在を疑いもせず城に迎え入れる方が問題だ。ツァリル大公の命令もダリオの行動も正しい。でも、ニナはダリオが自分との時間を楽しんでくれていると思っていた。会っていない時も次はあれを話そうこれは知っているだろうかと考えたりしていたのだ。

「構わん。明日からは本来の業務に戻りたまえ」

「了解しました。ところで一つお願いがあるのですが」

「お願い？　珍しいな」

「ツムギ姫のお披露目に、ニナさまをパートナーとして連れていきたいんです。お許しをいただけますか？」

天使さまの披露目について話していた時の浮き立った気分を思い出したニナは視線を足元に落とす。任務が終わったのなら約束を守る必要などない、自分のことなど放っておいてくれていいと思ったのだけれども。

「監視は止めにするのだろう？」

「ええ。でも、彼女とは気が合うんです。一緒にいると、とても楽しい」

――一瞬、空耳かと思った。

「それに彼女が出席したらツムギ姫も喜ばれるのではありませんか。――クライヴさまには申し訳ないですが」

「申し訳ない？　なぜだ？」

「なぜって、ニナさまとクライヴさまは夫婦なのでしょう？」

ツァリル大公が声を上げて笑いだす。

「あの娘はおまえに明かさなかったのか？　クライヴは言っていたぞ。幼な子とメイドと護衛の組み合わせでは帝国に見つけてくれと言っているも同然だから夫婦とその子と偽装しただけで、あの娘とはそういう関係ではないと」

ダリオの声が弾む。

「夫婦ではない？　ではニナさまはまだ誰のものでもないんですね」

何がそんなに嬉しいのだろう。ダリオは監視のために傍にいただけ、ニナが誰とどんな関係であろうとどうでもいいはずなのに。

「あの娘がそんなに気に入ったか」

「彼女は人の悪口を言わないんです。知識も広くて、話すたびに新しい発見がある」

心臓が跳ねるような言葉が並べ立てられ、ニナは眉間に皺を寄せた。勘違いしては駄目だ。お姉さまたちと違ってニナに異性から好意を寄せられるような魅力はない。その証拠に子羊の館の旦那さまもクライヴもニナに触れようとしなかった。ロマンス小説のような出来事が降りかかることなどないはずなのだ。

「前の婚約者とは全然違うというわけか。女嫌いが直りそうならいいことだ。よかろう、許す」

「ありがとうございます」

テラスから出てこようとする気配に気がついたニナはスカートの裾をたくし上げてその場から逃げ出した。

あたしはまた勘違いしているのだろうか？　ありもしない好意をダリオの中に見いだそうとしている？

――わからない。

ああ、他人の心が手に取るように見ることができる力があたしにあればいいのに！

暗い廊下を全力で走り抜ける。誰とも行き合うことなく与えられた部屋まで帰り着いたニナは、扉を開くなり溢れ出したあたたかな色の光に一瞬息を呑んだ。湯殿の準備ができたのに姿がないニナを探していたのだろう。パメラが腰に手を当ててどこに行っていたんですかと詰問しようとするのを、リリアーナがまあまあと宥めてくれる。逗留《とうりゅう》が長くなりニナたちの関係はいつしか、客とメイドというより友人に近くなっていた。

ニナのいるべき場所ではないはずなのに、ここにいるとほっとする。心からくつろげる。

リリアーナとパメラだって仕事だからここにいてくれているだけかもしれないけれど。

改めて湯浴みしようと、片方しか残っていないリボンを解こうとしたら、パメラが思い出したように何かをキャビネットの上から取って差し出した。

「あ、そうだ、ニナさま。ソファの後ろにこのリボンが落ちていましたよ」

やっぱり女神さまが味方をしてくれているのだろうか。

なくしたと思っていたリボンを受け取ると、ニナは解いたばかりのリボンと一緒に大事にキャビネットの引き出しにしまった。

その夜、ベッドに入ると、ニナは両手を握り合わせて女神さまに祈った。女神さまの采配に感謝しますと。

＋　＋　＋

監視役を解かれてからも、ダリオは毎日ニナを誘いに来た。

ニナはあれこれ考えるのを止め、流れに身を任せることにした。必要なら女神さまがいいようにしてくださるだろうと開き直ったのだ。

客観的に見てみた自分は随分といいご身分だった。奴隷のくせに貴族と同等の食事を供され、ベッドはふかふか、部屋は掃除しなくてもぴかぴかだし、毎晩湯も使える。

ダリオはニナを貴族のご令嬢のように扱った。クライヴや天使さまといる時のニナは常にお尻は濡れてないかとかお金は足りるだろうかとか気を配っていなければならなかったのに、ダリオといると何も考えなくていいし何もしなくていい。向けられる好意にくるまってふわふわ酔ってれば、全部が滞りなく進んでいく。多分ニナが背負い込みすぎているだけで、普通の未婚の女の子はこんな風に日々を過ごしているものなのだろう。

「ニナさま！　ダリオさまからのお届けものです」

「お届け物？」

「見てください、ほら！」

天使さまのお披露目まであと三日に迫った日の昼前、そろそろダリオが来るだろうと身だしなみを整えそわそわとお茶を飲んでいたニナは、パメラに呼ばれて首を傾げた。毎日会っているのに何を届ける必要があるのだろうと思ったのだ。

興奮して部屋に駆け込んできたパメラが広げて見せたのはガウンだった。色鮮やかで――庶民の服は手に入りやすい植物性の染料を使うことが多いため、地味な色をしている。鮮やかな色味を出すには稀少な染料を使い何度も染めを繰り返さなければならないので、見ただけで高価だとわかる――、胸元には手の込んだ刺繍まで刺してある。

胸の下の切り返しから床まですとんと落ちたガウンの引き摺るほど長い裾が優美だ。手首に向かって三角に広がる袖も長く、膝に届きそうだった。

「これは」

リリアーナがおっとりと微笑む。

「きっとツムギ姫のお披露目に着ていくためにあつらえてくださったのでしょう」

「ええと、サーヤ大公妃が……？」

「まさか。サーヤ大公妃が手配してくださったのならサーヤ大公妃の名で届きます。これは正真正銘、ダリオさまからの贈り物なのだと思いますよ」

異性から贈り物を貰うなんて初めてのニナにはなかなか事態が呑み込めない。

「あの、ツァリルでは、一緒に出掛ける時には、相手が仕事で関わっただけの女性でも服を贈るものなんですか？」

パメラがニナの隣に腰掛け、手を取った。

「そんなことをしていたらお金がいくらあっても足りませんわ。高価なプレゼント、特に服を贈るのは恋人や婚約者だけです」

「あの、あたしはダリオさまの恋人でも婚約者でもないんですけど……」

「今はそうかもしれませんが、ダリオさまはニナさまに恋人か婚約者になって欲しいと思っていらっしゃるのでは？」

「あたし、そんなことが許される身分じゃありません！」

微笑むリリアーナの目がどんどん細くなってゆく。まるで新月間近の月のようだ。

「まあ、そんなの、ダリオさまの近しい貴族に頼んで養子にして貰えばいいだけのことです。ニナさまはツァリル大公の御子となるツムギ姫の恩人なのですから、皆喜んで力を貸してくれます」

「ニナさま、ツムギ姫の子守りになれなかったら城下で薬屋を再開するか一度前の主の元に帰るかするとおっしゃってましたけど、ダリオさまの花嫁になられたらいかがでしょう。そうすればツムギ姫の近くにいられますよ」

そういえば以前、クライヴは独身だという噂を聞いたというこの二人に、秘密だと念を押した上で夫婦ではないことを明かし、ついでに今後どうすべきかについて相談したことがあった。

でも――花嫁？　自分が誰かと結婚して家庭に入り、子を産んで、母になる――？

そんなこと、考えもしなかった。お姉さまたちの誰も結婚していなかったからだ。

多分、結婚なんかしたら旦那さまに今までのようには仕えられなくなるからなのだろう。たまに一時の恋人と戯れる程度だったから、ニナもぼんやりと想い合う相手がいたら素敵だなあと夢見るのが精々だった。

ニナはパメラの手の中から自分の手を引っこ抜き、立ち上がる。

「あ、あたし、ダリオさまにお礼を言ってきます」

「ご案内しなくても大丈夫ですか⁉」

「大体場所はわかっていますし、迷ったら衛兵さんに聞きます」

この時間、ダリオは仕事をしているはずだ。もしかしたらニナを誘うために執務室を出ようとしているところかもしれない。行き違いにならないよう、ニナは足を速める。ダリオが仕えているのはサーヤ大公妃だから、執務室もツァリル大公たちの居住する大公城上部にあった。この辺りまで来るとすれ違うのは公国でもなかなか会えないような貴人ばかりだ。

もう少しでダリオが仕事をしている部屋に着くというところで吹き抜けの下にツァリル大公が若い男二人と共に歩いてゆくのが見え、ニナは、あれ？　と足を止めた。

――あの人、知っている。ヌーカで『春の微睡み亭』に来た貴族の若さまだ。

あの時は随分と偉そうにしていたのに、今日は長い三つ編みを背中に垂らした男性に従僕のように付き従っている。

どうして帝国人がツァリルの大公城にいるんだろう。

ニナは踵を返すと走りだした。

「ニナさま？」

ちょうど廊下の先にある部屋からダリオが出てきたところだったけれど、話している余裕などない。階段を駆け下り、ツァリル大公たちが進みつつある廊下を目指す。城の構造は複雑だったけれど、ニナの頭には図書室にあった図面が入っている。

目的地に近づくと、ニナは歩みを緩めて足音を殺した。そうっと角から覗くと、ツァリル大公たちの後ろ姿が見え、無事追いつけたことにほっとする。様子を窺っていると、追いかけてきたらしいダリオも後ろから覗き込んできた。

「ニナさま？　一体どうしたというんです」

ニナはツァリル大公たちを目で追いながら小声で答える。

「ダリオさま、お披露目に帝国人を招いてはいないとおっしゃってましたよね。でもあの人たち、帝国人です」

「まさか。誘拐事件の後、追及を恐れてか公国内の帝国人は姿を消しましたし、新たに入国したという話も聞いてません。何かの間違いでは」

ツァリル大公たちは扉の一つに入っていく。小さな音を立てて扉が閉ざされると、ニナはまた駆けだした。

「ニナさま、何をなさる気ですか」

「しーっ」

扉に耳を押し当ててみたけれど、何も聞こえない。ニナはドアノブを摑むとほんの少しだけ扉を開いた。

「……！」

ツァリル大公と客人たちは窓の外の景色に見入っていた。

「おまえの国は美しいな」

「ありがとうございます。それにしてもレーンロート卿、貴公が直々においでになるとは驚きましたな。帝国はよほどあの小さな姫が欲しいとみえる」

三つ編みの男が手招きすると、一歩下がったところに控えていた若さまが進み出た。頭を下げ、革袋を掲げる。

ツァリル大公は袋を受け取ると、いそいそとテーブルの上に置き、中を覗き込んだ。金色の光が革袋の中から零れ落ちる。

「小さなお姫さまの分の謝礼だ。サーヤの分は来年、皇帝の第十六皇女を輿入れさせてやる」

「おお」

ニナは耳を疑った。ツァリル大公はサーヤ大公妃と仲睦《なかむつ》まじかったのではなかったのだろうか。

「妻を溺愛《できあい》していると聞いていたが、噂など当てにならないものだな」

「サーヤは可愛いですが、結婚してもう四年ですからな。子もできないし、飽きもくるというものです。それよりレーンロート卿、どうかくれぐれも手筈《てはず》通りにお願いしますよ。

妻は民にも臣にも慕われているのです。もし私が売ったと知れたら――」

肩に置かれていたダリオの手に力が入る。痛みに顔を顰めつつ振り返ると、ダリオもまた食い入るようにツァリル大公たちを見ていた。

「わかっている。二人とも披露目の席で急な病に倒れたように見せかける予定だ。誰に害されたわけでもないと一片の疑問も抱かれないよう、衆目の前で派手にな。それから治療をするという名目で帝国に連れ帰る」

「ツァリルを出たからといって、死体を簡単に見つかるような場所に捨てられては困りますぞ」

「そんなことはしない。第三皇子が欲しがっているから生かしたまま連れ帰る」

「愛妾《あいしょう》にされるので？」

「何でも色事に結びつけて考えるのは悪い癖だぞ、ツァリル大公」

三つ編みの男は声を上げて笑うと、真顔になった。

「おまえは聞いたことがあるか？　マホロ王族には時々、異能を持つ者が生まれるという話を」

「はて。少なくともサーヤは普通の女ですが」

「そうか。まあいい。私の仕事は彼女を引き渡せば終わりだ。それから黒狼だが、あれには野生の獣のように鋭いところがある。披露目の前に始末をつけておけ」

「は」

頬をふわふわの癖っ毛がくすぐる。酷い話に気分が悪くなってしまったのか、ダリオがニナの肩口に顔を伏せたのだ。

ニナは静かに扉を閉めると、ダリオの肘を摑み歩きだした。幼な子である天使さま並みに足元がおぼつかなくなってしまったダリオが転びそうになるたびに躯を支え、角を曲がるとようやく足を止めて詰めていた息を吐く。ニナが手を離すと、ダリオは壁に寄りかかったたままずるずると頽れた。

「……何ということだ……！」

ニナは角からツァリル大公たちがいる部屋の様子を窺う。

「ダリオさま、しゃんとなさってください。今すぐサーヤ大公妃と旦那さまにこのことを伝えなければなりません」

ダリオは目が覚めたばかりの人のように、片手で顔を擦った。

「ああ、そうです、よね。つたえ、なければ……」

「あたしはあの二人の後をつけて、どこに潜伏しているのか、他にも仲間がいるのかを確認してきます」

すっかり思考能力を失ってしまったわけではないらしい。ニナの言葉を聞くとダリオは弾かれたように顔を上げた。

「危険です。ニナさまにそんなことをさせるわけには……！」

「ダリオさま、あたしではサーヤ大公妃にお会いできません。わかるでしょう？　誰が何をするのが一番いいのか」

情報を運ぼうにも、ニナではサーヤ大公妃たちの部屋に近づけない。規則通り取り次ぎを頼んでいたら、ツァリル大公に気取《けど》られる恐れがある。有耶無耶《うやむや》のままになっているけれど、サーヤ大公妃と会おうとするクライヴの邪魔をしたのも、そういえばツァリル大公だった。単にクライヴの風体を見て警戒したのだと思っていたけれど、ツァリル大公はクライヴが何者か知っていてああいうことをしたのかもしれない。

「……はい」

悔しそうな顔をしたものの、ダリオは頷いた。

少しだけ、後悔する。お姉さまが言っていた。男性は女性に指示されるのを嫌うと。気を遣っているような暇はないとはいえ拙速《せっそく》に事を運びすぎたせいで、ダリオの感情を害してしまったかもしれない。

部屋を出る際のリリアーナとパメラの意味ありげな笑みが、贈られた美しい衣装が脳裏に浮かぶ。それからダリオの花嫁になったらどうかと言うパメラの声が、霞《かすみ》のように掻き消える。少し淋しいけれど、元よりニナは自分などダリオにふさわしくないと思っていたのだから惜しむことはない。そう思ったのだけれども。

立ち上がったダリオはニナに向かって頭を下げた。

「あの……？」

「すみません、取り乱したりして。しかも今、僕は厭な顔をした」

「そんなことは」

「忘れていたんです、ニナさまが普通の女の子なんかじゃないということを。僕の知っているニナさまが年相応に可愛らしい普通の女性で、どの武勇伝もぴんと来なかったから」

「普通の女の子じゃない……？」

多分ダリオにとってそれは褒め言葉だったのだろう。でも、ニナの中で何かがぷつんと切れた。

「……ありがとうございます。ツァリル大公が出てきたから、行きますね。ダリオさまもお気をつけて」

「はい」

そうだ、あたしは普通の女の子じゃない。

ダリオと別れ、ツァリル大公たちの後をつける。途中でツァリル大公と別れた帝国人たちが入った客間を見たニナは驚いた。自分の部屋のすぐ近くだったからだ。

彼らもまた客として城に滞在しているのだと知ったニナは大急ぎで自室に戻った。

「おかえりなさいませ、ニナさま。随分と早かったですけれど、ダリオさまとお会いできましたか？　お食事は？」

　平和そのものの笑みを浮かべ振り返ったリリアーナにニナは思い出す。そういえばニナはガウンのお礼を言うために出掛けたのだった。

「会えましたけれど、そんなことより、大変なんです。リリアーナさん、一緒に来てください」

「一緒に？　まあ、どこへ行くんですか？」

　リリアーナの手を引き早足に通路を歩きながらニナは確認する。

「リリアーナさんって、本当はメイド長ですよね？　あたしなんかの世話をしてくださったのは、ダリオさまと同じで監視するためですか？」

　大人しくニナに引っ張られていたあたたかい手が強張った。

「……どうしてそんな風に思われたんですか？」

「言いませんでしたっけ？　あたし、以前は貴族のお屋敷でメイドをしていたんです。だから見ればわかります。パメラさんも他のメイドも、衛兵たちだってリリアーナさんの前では背筋を伸ばしていました。黒狼と共に山を越えてけろりとしてる素性の知れない娘がいたらあたしだって警戒しますから、それはいいんですけれど、あたしさっき、大公城の中で帝国の人を見て」

「何ですって」

曲がり角の手前で一度立ち止まると、ニナはそうっと通路を覗き込む。そうして帝国人たちがいないことを確認すると、通路に出て、リリアーナに帝国人たちが入っていった扉を示した。

「彼らはあそこ、手前から三つ目の部屋を宛てがわれているみたいでした。どういうことか調べられますか？」

まじまじとニナが指さす先を見つめるリリアーナは、本当に帝国人が城内にいることを知らなかったように見えた。

「そういうことならニナさま、こちらに来ていただけますか」

今度はリリアーナがニナの手を引き歩きだす。連れていかれたのは事務室のような場所だった。壁際にはキャビネットが聳え立ち、二つ置かれた大きな机の上には書類が山をなしている。他にも大きなテーブルと椅子がいくつも置いてあった。窓一つない狭苦しい部屋だけれど、きちんと整頓されており、閉塞感はない。

リリアーナがたまたまいた男性にあの客間に泊まっているのが何者か調べるよう命じると、キャビネットからくたびれた紙挟みが取り出された。

「ジ・ディリ王国人の侯爵さまのようですが……」

「そんなわけないです！　ちゃんと調べてください」

「ニナさま、落ち着いて。部屋を担当するメイドか出迎えた者を連れてきて、その部屋に泊まっている方たちがどんなお姿をしていたか報告させなさい」

リリアーナの指示は絶対らしい。男性が大慌てで部屋を出ていくと、すぐさま目当ての者がやってきて証言した。

「あの部屋には長い髪を三つ編みにした大変姿のよい若い侯爵さまと、その従僕の、赤みがかった金髪の若い方がいらっしゃいます」

間違いない。

「その人たちです！　帝国訛りがあったでしょう？　あの人たちがどうしてジ・ディリ王国人の侯爵なんてことになっているんですか……？」

「さ、さあ……」

小さくなってしまったメイドに、リリアーナは次の命令を下す。

「秘密裏に外務の方々の協力を仰ぎ、招待客が本物かどうか確認しなさい。全員です。お客さま方には気づかれないように、こっそり確かめるのですよ」

「はい……っ」

夜までには半分近い招待客が、他人の招待状を持っているだけの帝国人であることが判明し、ニナは愕然とした。メイドたちも信じられない事態に動揺している。

「どうしてこんなことが」

「すぐにツァリル大公に報告を」

リリアーナが逸《はや》るメイドたちを止める前に、クライヴが扉を押し開け入ってきた。ダリオから話を聞き、駆けつけてくれたのだろう。

「ツァリル大公はもうご存知だ」

「旦那さま……！」

久し振りに見るクライヴは目が合っただけで膚がそそけ立つほど険しい表情をしていた。クライヴを狙っていたメイドたちも思わぬ邂逅《かいこう》に喜ぶどころか竦んでしまっている。でも、ニナは安堵した。クライヴが来てくれたなら大丈夫。きっと何とかしてくれる。そんな気がしたのだ。

リリアーナが前に進み出る。

「どういう意味でしょうか。ツァリル大公がご存知だというのは」

「ツァリル大公がツムギとサーヤさまを帝国に売ったということだ」

室内の空気が凍りついた。

「そんなこと……！」

「信じたくありませんが、間違いないようです。ニナ、話はダリオから聞きました。よく気がついてくれましたね」

「サーヤ大公妃……！」

クライヴの後ろから現れた幼な子を抱いた女性に、メイドたちが一斉に姿勢を正す。ニナも軽く膝を折ってチュニックのスカートを摘まんだ。

「もったいないお言葉です」

「にーにゃ」

ニナの顔を見た天使さまが跪き始める。

「にーにゃ、にーにゃ」

両手をニナの方へと伸ばし、躯をくねらせるさまに目頭が熱くなった。天使さまはニナのことを忘れていなかったらしい。それどころかまだ慕ってくれている……？

サーヤ大公妃が苦笑し、今にも腕の中から飛び出してしまいそうな天使さまをニナへと差し出す。ニナは前に進み出ると畏れ多くも天使さまを受け取り、抱き締めた。

「にーにゃ！」

ふくふくとした指がニナの服を握り締める。擦り寄せられた頬の熱さとやわらかさにニナは改めて実感した。

天使さまの傍がニナの幸せの在《あ》り処《か》だ。

「またお会いできて嬉しいです、お嬢さま。元気にしてらっしゃいましたか…？」

「くふん」

ぐりぐりと頭を押しつけてくるのは、会いに行けずにいたことへの抗議だろうか。

互いの存在を確かめ合う二人に張り詰めていた空気が緩んだところでクライヴが話を進

める。

「ツムギの健康状態に問題はない。それよりニナ。俺からも礼を言わせてくれ。ツァリルに着いてすぐ一部の使用人や衛兵、ツァリル大公の態度に違和感を覚えたものの、何かあったらと思うとツムギの傍を離れられなかった。おまえが動いてくれなければ帝国にツムギとサーヤさまを渡すことになっていたかもしれない」

クライヴの言葉に、ずっと抱えていた焦燥《しょうそう》や淋しさが消えてゆく。——あたしはこの人の役に立てたのだ。

クライヴは次にサーヤ大公妃を見た。

「それで、どうするんだ、サーヤさま。ツァリル大公を問い詰めるか？　それとも先に帝国の連中を斬り捨てるか。今なら一人ずつ楽に潰せるぞ」

無意識なのだろう、口元に凶悪な笑みが浮かんでいるのを見たメイドたちが蒼褪める。

でも、サーヤ大公妃は落ち着いたものだった。

「駄目です、クライヴ。そんなことをしたら、帝国に攻め入る口実を与えてしまいます。幸い、招待客の半分は本物なのです。彼らに帝国のやり口を見て貰いましょう。帝国が如《い》何《か》に横暴で危険かを知れば、事を構える際、味方してくれるかもしれません」

クライヴが小さく舌打ちする。

「まどろっこしいが——致し方なし、か」

不敬な態度を黙殺し、サーヤ大公妃はてきぱきと指示を下し始める。

「帝国はクライヴ、あなたを先に潰すつもりらしいから、これからは片時もわたくしの傍を離れないようにしなさい。いいですね？」

「まず間違いなくツァリル大公が引き剝がしにかかると思うが」

「ある人が言っていたわ。古くから城に仕えている騎士たちが、新参者のくせに女たちに騒がれているあなたに立場をわきまえろと因縁をつけに行ったけれど、月のない夜のような黒い瞳に見据えられたら躯が竦んで喉が詰まってしまったって。今こそその目つきの悪さを生かす時よ。思いきり不遜に振る舞いなさい。命令なんて無視して構わないわ」

くすくすとメイドたちが忍び笑う。クライヴは眉間に皺を寄せたものの掌を胸に当て拝命した。

次いで進み出たリリアーナの足下で古びた木の床が軋む。

「――サーヤ大公妃、私たちは」

「いつも通りに振る舞ってくれればいいわ。ただ、使用人や騎士たちの中にはツァリル大公の手先となっている人もいるでしょう。ここで聞いた話は決して他へは漏らさないこと。口を閉じて耳をそばだて周囲をよく見て、誰が敵で誰が味方か見極めてちょうだい」

メイドたちが一斉に頷いた。

「はい！」

「では仕事に戻りなさい。今あったことは誰にも気づかれないように。何食わぬ顔をして」

しずしずとメイドたちが退出していく。彼女たちのほとんどは貴族の娘だ。行儀作法も国のためになすべきことも心得ている。

メイドたちがいなくなると、ニナはご機嫌で褪せた藁色の三つ編みを握り締めた天使さまをあやしながら、皆の前では口にできなかった疑問点を確かめる。

「あの、お披露目でツァリル大公と帝国の企みを暴き、退けた後はどうするんですか？皆、サーヤ大公妃に好意的ですけれど、この国を統《す》べる立場にいるのはあくまでツァリル大公ですよね」

テーブルに寄りかかったクライヴが腕を胸の前で組む。

「あの男がツァリル大公の立場にある限りサーヤさまに安寧《あんねい》はない。サーヤさま、俺は披露目が終わったらツムギを連れてこの国を出る。帝国に知られた以上、養子にして貰ったところで大した意味はないし、帝国がツァリル大公国人を殺し尽くしてでもツムギを手に入れようとするかもしれないからな。サーヤさまも一緒に来るか？」

「わたくしは――」

金色の睫毛が伏せられる。ニナたちは黙って熟考するサーヤ大公妃を見守った。

街の人たちはサーヤ大公妃を慕っていた。多分、好かれるだけのことをサーヤ大公妃がしてきたからだ。ツァリル大公の隣で死ぬまでこの国で暮らすつもりだったから、サーヤ大公妃もそれだけ心を傾けたのだろう。ツァリル大公の裏切りを知ったところでじゃあ出ていこうとは考えられないに違いない。披露目までまだ三日あるのだ。すぐに答えを出さなくてもいいのではないかと思ったニナが口を開こうとした時だった。

サーヤ大公妃が顔を上げ、睨むようにクライヴを見た。

「わたくしは行きません。そもそもここを出て、どこへ行こうというのです。マホロ聖国はもうありません。あなたたちがしてきたように身を隠しつつ働いてお金を稼ぐなんて芸当がわたくしにできるとも思えない。何より、嫁いできてからの四年間、ツァリル大公国の方々はわたくしにとてもよくしてくださいました。ツァリル大公とも理想的な関係が築けていると思って、いたのに……」

白い肌が赤みを帯び、目が潤む。感情の高ぶりを抑えきれなくなったのかサーヤ大公妃は両手で顔を覆ったけれど、何度か深呼吸するとまた顔を上げた。

「わたくしは大公と話し合おうと思っています。帝国とも」

クライヴの目が細められる。

「いい結果が出るとは思えん」

「それでもあなたたちの足手纏いになるよりましです。大丈夫、駆け引きは得意なんです。夫も帝国も手玉に取って、ツムギを追うのを止めさせてみせるわ」

王族とは、こういうものなのだろうか。

目に涙を浮かべながら凛《りん》と背筋を伸ばすサーヤはニナの目に、醜悪なツァリル大公などよりよっぽど公国を担うにふさわしい人物のように映った。

+ + +

三日後のお披露目当日、ニナはリリアーナとパメラによって頭の天辺から爪先まで磨き上げられた。天使さまを守り戦った時の痣は既になく、ナイフの傷も順調に治りつつある。いくらかそばかすが散った膚をリリアーナはしげしげと眺める。

「怪我の手当てをした時も思いましたけど、ニナさまの躯って引き締まっていますよね。服を着ている時は華奢にしか見えないのにお腹にも縦筋が入っていて格好いいです」

若い女性らしい丸みはあるもののニナは細かった。腰などはうっかりすると折れてしまいそうだ。そのせいでか弱いと思われがちだけれど、服を脱ぎ去るとわかる。ニナの躯が野生の若鹿のようにしなやかで強靭だということが。

「野山を駆け回って育ちましたし、男手がほとんどないお屋敷で働いていましたから。メイドといえど力仕事をせざるをえなかったんです」

「ニナさま、この傷は？」

リリアーナに背中をなぞられ、ニナはくすぐったさに首を竦めた。

「傷？　あるんですか、そんなところに？　何の傷かしら」

「覚えていないんですか？　とても大きな傷よ。きっととても痛かったはず」

「でも、古そうです。きっと忘れてしまうくらい小さい時の傷なのね」

ニナは湯殿から出ると鏡で傷を検めた。確かに古く大きかったけれど、ニナは気にしない。お姉さまたちの中にもこんな傷を持つ者がいたからだ。彼女たちは傷があることを恥じるどころか誇ってさえいるようだった。

ダリオが贈ってくれたガウンに袖を通し、髪を結い上げられる。薄く化粧までして貰うと、ダリオが部屋まで迎えに来て、綺麗だ、貴族の姫君にしか見えないと褒めてくれた。

ニナは頬に力を入れて笑みを作る。

浮かれた気分にはなれなかった。この後に待っているのは優雅な夜会ではない。

ダリオにエスコートされて大広間へと向かう。途中、何人もの着飾った貴人を見た。他の招待客だ。

ほとんどが見たことのない人だったけれど、ニナには何となく帝国人がわかった。皆、ニナと同じ、大事を前にした者特有の張り詰めた顔をしていたからだ。

レーンロート卿と呼ばれていた男は急な病に倒れたように見せかけると言っていた。ということは、使われるのは毒だ。針やナイフを使う気だろうか。それとも飲食物に混ぜる気だろうか。とりあえずサーヤ大公妃と天使さまには、リリアーナとパメラから渡されるもの以外口にしないようにして貰ったし、こっそり傷つけようとする者がいればクライヴが対処してくれる手筈になっている。大丈夫だと思うけれど、何事にも絶対ということはない。何一つ見落としてはならない。すべてをうまく運ぶためには。

大広間に入ると、あちこちで客たちが歓談していた。お喋りをしている余裕などないニナとダリオは壁際の目立たない場所に陣取ったけれども、婚約者がいなくなったダリオはやっぱり狙い目なのだろう。令嬢たちの視線が集まる。争奪戦でも始まったら面倒だと思ったニナはわざとらしくダリオに擦り寄り腕を絡めた。

「ニ、ニナさま……？」

ダリオがカチンコチンに固まる。ニナは更に顔を寄せた。

「気づいていらっしゃいますか、ダリオさま。ご令嬢方が皆、ダリオさまを見ています」

「えっ？　あ、なぜ……？」

「皆さま、ダリオさまを狙っているんです。ダリオさまは理想的な結婚相手ですもの」

「ニナさまもそう、思われますか……？」

掠《かす》れた声が気になったけれど、女たちが見ている。ニナはにっこり微笑んだ。

「ええ、だから邪魔されないよう、演技してください。割り込んでも無駄だって思わせるんです。さあ、手はこっちです」

ニナはダリオの手を取って、腰に回させる。

「話す時は耳元に口を寄せて、愛しくて堪らないという顔をしてください」

「こんな感じでしょうか？」

引っ張られるがままただ添えられていた手がニナの腰を引き寄せた。キスしているように見えるに違いないくらい近づけられた顔には、指示通り蕩けるような表情が浮かんでいる。

「完璧です」

——それにしても。

ニナは周囲の女たちに見せつけるようにダリオに躯を擦り寄せながら、ちらりと大階段の方へと目を遣る。

クライヴがこちらを睨むように見ていた。一体何の用だろうと思って小さく首を傾げてみせると、ふいと目が逸らされる。

クライヴが何を考えているのか、ニナにはさっぱりわからない。

ツァリル大公がサーヤ大公妃と天使さまを伴い登場する。クライヴが即座に二人を守りやすい場所へと立ち位置を変えた。

サーヤ大公妃にだっこされた天使さまの髪はミルクティー色に変わっていた。紫水晶の額飾《サークレット》りがぽっちりとした眉の間で揺れている。銀の葉を模した鎖が気になるのか、しきりに弄《いじ》ろうとする天使さまを宥めるのでサーヤ大公妃は手いっぱいだ。

「さすがお嬢さま、男の子の格好をしていても可愛いです……！」

ツァリル大公が客たちの前で天使さまを披露する。基本的に普段から交流のある者のみを招待しているせいもあるのだろう。ツァリル大公の養子に迎えられたという幼な子に向けられる眼差しはあたたかい。

客たちがツァリル大公に直接挨拶しようと列をなし始めるとパメラが飲み物と一口サイズの菓子が載った盆を持ってきた。

サーヤ大公妃にもメイド——リリアーナが同じものを差し出している。

ニナはまず飲み物を味わい、それから小さな菓子を更に小さく割って嚙《かじ》った。嚙まずとも唾液《だえき》だけで溶けてしまうほど軽い菓子は甘く美味しかったけれど、ニナは顔を顰める。

「……毒入りです」

口の中でほろほろと溶けてゆく焼き菓子は、一度だけお姉さまが味見させてくれた毒のにおいがした。確か手も足もまったく動かなくなり、傍目《はため》には気を失っているように見えるけれど、本人の意識はあるという麻痺毒《まひどく》だ。

「ニナさま⁉　吐き出してください！」

「落ち着いてください。ちょっとだけですし、呑み込んでません」

「駄目です！　早く」

そんなことを言われても、今この場を離れるわけにはいかない。ニナは壁際にいてよかったと思いつつダリオが手に持っていた酒のグラスを貰い、口を漱《すす》いだ。残った菓子はハンカチに包み胸元に押し込む。

その間にサーヤ大公妃と天使さまも同じ菓子を口にしていた。とはいえ何の変化もない。リリアーナとパメラが盆を取り替えていたからだ。あらかじめニナたちはサーヤ大公妃用の飲食物は薬物に詳しいニナに、サーヤ大公妃には客用に用意されたものの中から同じものを選り出して届けると決めていた。ニナがこの提案をした時は皆、危険すぎる、サーヤ大公妃たちのために用意された飲食物をすり替えて廃棄するだけでいいと反対したけれど、オルガに頼んで本物の毒でテストして貰い全問正解することによってニナは自分の意見を押し通すことに成功した。薬師だとしても毒物に詳しすぎると、オルガに怪しまれてしまったけれど、情報は力だ。ニナは是非とも帝国がどんな毒を使うか知りたかったし、少しでもいいから手に入れたかった。

「何かの間違いであって欲しいと思っていましたけれど、ツァリル大公が帝国と組んでサーヤ大公妃に毒を盛ろうとしているという話は本当だったんですね」

パメラの視線の先にいるツァリル大公は明らかにサーヤ大公妃を気にしている。菓子を食べたサーヤ大公妃が倒れるのを待っているのだ。

このままお披露目が終了するまで何事もなく済むことを祈っていたのだけれど、離れたところで天使さまたちの様子を窺っていたレーンロート卿が痺《しび》れを切らしたのだろう、動きだした。順番を無視して挨拶をしようと並ぶ人たちの前に進み出てきて仰々しく一礼する。

「ごきげんよう。サーヤ大公妃。そしてツムギ姫」

男の子の格好をしている天使さまを『姫』と呼んだレーンロート卿に、客たちが怪訝《けげん》な顔をする。

サーヤ大公妃が邪気など欠片も感じさせない清らかな笑みをレーンロート卿に向けた。

「初めまして、レーンロート卿。帝国の方を招待した覚えはございませんのに、なぜここに？」

招待状に書いてあったのとは違う、本当の名前を言い当てられたレーンロート卿の片眉が上がる。

「女神が私たちにくだされた恩寵を返して貰うためです」

「そんなものはここにはありません。お帰りください」

「帰って欲しいなら、腕の中にいるその幼な子——ツムギ姫を渡せ」

名前を呼ばれた天使さまが菫色の瞳をレーンロート卿に向けた。口元に物騒な笑みを浮かべたレーンロート卿が片手を上げると、ご婦人方の悲鳴が上がる。広間に散っていた帝国人たちが武器を取り出したのだ。

ツァリルの衛兵は不届き者を取り押さえようとする者とそれを止めようとする者に割れた。

ツァリル大公が慌てて場を収めようとする。

「レーンロート卿、お止めください。他の方々も剣を納めてください。ここにはか弱いご婦人方もいらっしゃるのです。お話なら別室でお聞きしますから、どうぞこちらに」

レーンロート卿は耳を貸さない。

「そんなまだるっこしいことをしていられるか。私はヌーカからその幼な子を追ってきたのだ。今だ。今渡せ」

「そういうわけにはいきません。ツァリルはあなた方の属国ではないのです。約束は守っていただかねば」

「うるさい！　退け！」

つかつかと前に出てきたレーンロート卿によって突き飛ばされ、ツァリル大公は派手な尻餅をついた。

ニナは舌を巻く。穏やかそうに見えて随分とこの男は強《したた》かだったらしい。サーヤ大公妃と天使さまの味方であるかのような言動を崩そうとしない。ニナたちが逃げおおせても逆に帝国の手に落ちても被害者面をして民の同情を集めながらのうのうと生きていくつもりなのだろう。

天使さまに手を出そうとしたのに？

――そんなの、許さない。

レーンロート卿が天使さまへ手を伸ばす。だが、その前にクライヴが立ちはだかった。

レーンロート卿が動きだすと同時に移動を開始していたニナとダリオもサーヤ大公妃の元に辿り着く。

「サーヤ大公妃、お嬢さまをこちらに」

ニナの顔を見るなり天使さまがふくふくした両手を差し出した。一瞬だけ淋しそうな顔をしたものの、サーヤ大公妃は天使さまをニナに渡す。

「ツムギをお願いします」

「サーヤ？　何をしているんだ？」

不穏な気配を察知したツァリル大公の問いかけをサーヤ大公妃は無視した。

「エンリコ、衛兵たちをここに集めなさい。ツムギたちが脱出するまで帝国の者たちを足止めするのです」

「待て、その子をこちらに寄越せ」

ツァリル大公が天使さまを抱くニナの腕を掴もうとする。だが、その手はニナに届くより早く、クライヴによって叩き落とされた。

「触るな」

「なっ」

「こいつに触れたら叩っ斬る」

ツァリル大公の顔が屈辱と怒りに赤黒く変色する。クライヴはニナたちを背中に庇いながら後退し、階段の下にあった使用人用の扉から大広間を出た。

「こちらです」

リリアーナとパメラに先導され、ニナは天使さまをしっかりと掻き抱いて走る。ツァリル大公に与《くみ》しているのだろう衛兵が数人追ってきたけれど、殿《しんがり》を務めるクライヴが立ち塞がり、叩き斬るという宣言通り、剣を抜いた。

衛兵たちが血飛沫を上げて頽れる。子爵家では炎に隠され見ずに済んだすべてを見てしまい――ニナは悲鳴を上げた。人が殺されるところを見たのは初めてだった。あれは敵。森の狼と同じだと思えばいいのだと思っても手が震え、わけもなく涙が込み上げてくる。

「誰か来る」

金属がぶつかり合うような音が聞こえた。きっと鎧だ。衛兵の増援が来たのだ。追っ手かもしれませんとパメラが手近にあった扉を開けると、クライヴがニナを中へと押し込んだ。よろめき、壁に肩をぶつけてしまったニナはそのままずるずるとしゃがみ込もうとしたけれど、リリアーナが休む暇《いとま》を与えてくれない。

「ニナさま、今のうちにこちらに着替えてください」

手の中から天使さまが奪われる。

「……え？　……ええ⁉」

代わりにぽんと幼な子を渡されたダリオは固まってしまった。天使さまも手足をぴんと伸ばしたまま、菫色の目を丸くしている。

「静かに」

パメラが手際よくニナの服の縫い目を切り始めると、クライヴとダリオが勢いよく後ろを向いた。躯にぴったりと仕立て上げられたガウンを脱がされシュミーズ姿になったニナにリリアーナが大急ぎで地味な色の古着を着せる。これなら長い裾を気にせず動ける。

扉の前を通り過ぎていく賑やかな鎧の音に紛れリリアーナが囁いた。

「しっかりなさってください、ニナさま。動揺している場合じゃありません。ツムギ姫を守らないと！」

「……っ！」

その通りだ。そもそも殺された衛兵たちは天使さまを奪いに来たのだ。あれは当然の報い、泣きそうになっている場合じゃない。

——あたしはもっと強くならないといけない。

衛兵たちの気配が消えてからもしばらく待ち、細く扉を開けて外の様子を窺い誰もいないことを確認してから再び移動を開始する。ニナに返された天使さまはまた知らない人に渡されては堪らないと思ったのか、全力で囓りついてきた。

使用人用の通路を通って外へ出る。用意されていた馬車の扉を開けると、座席に背負い袋が置いてあったので、手早く袋の口を開いて天使さまを中に入れた。

「おしょと、でう？」

「ええ、そうですよ、お嬢さま。ニナと旦那さまと一緒にお出掛けしましょうね」

ぱたぱたという、乾燥した豆を投げたような音がそこら中から聞こえ始める。

天使さまが鬱陶しそうに顔を擦ったのと同時にニナの手の甲にもぽつりと何かが落ちてきた。

雨だ。

「濡れるといけません、中でじっとしていてくださいね」

「……あい」

口をきっちり閉めた袋をクライヴが背に負う。ニナは奥にもう一つある背負い袋を背負った。この中には山越えに必要な品々と、リリアーナやパメラが移動中お腹が減ったら食べるようにと用意してくれた焼き菓子や乾燥果物が詰められている。

支度が調うと、ニナはリリアーナと抱き合った。

「元気で」

「はい。リリアーナさんにはお世話になりました。皆さまにもよろしくお伝えください」

次いでパメラと抱き合う。それから先に歩きだしたクライヴの後を追おうとすると、後ろから抱き締められた。

「行かないでください」

「……ダリオさま……？」

いくら別れを惜しむためとはいえ熱烈すぎる抱擁にニナは戸惑う。

「ずっと思っていました。ニナさまはなぜ当然のようにツムギ姫についていこうとするんですか？　ニナさまはただのメイド、か弱い女性で、マホロの民ですらありません。ツムギ姫のことが心配なのはわかります。僕だってあんな幼な子が帝国に追われているのだと思うと心が痛むし、できることがあるならしたい。でも、そのせいで死んだら元も子もないんです。ニナさまだって躯中痣だらけになるほど殴られるのはもう厭でしょう？」

雨のせいだろうか。もう痛みを訴えることもなくなったナイフの傷が疼いたような気がして、ニナは雨粒の光る睫毛を震わせた。

クライヴは肩越しにちらりと振り返っただけ、足を止めてもくれない。戦いの時にはこれ以上ないくらい頼もしい背中が、雨音の中を遠ざかっていく。

「あたしはお嬢さまが好きなんです」

「知っています。——でも、僕もあなたのことが好きなんです」

一瞬で体温が上がる。好き？　本当に？

「これ以上、あなたに痛い思いや怖い思いをさせたくありません。マホロのことはマホロの人たちに任せればいいんです。ニナさまはここに――僕の傍にいてください。必ず幸せにすると誓います」

「でも、あたしは普通の女の子じゃないから……」

耳元でダリオの歯が軋んだ。

「っ、そういう意味で言ったんじゃありません。確かに女性の身でありながら躯を張ってツムギ姫を守ったという話を聞いた時、僕は何て格好いいんだろうと思いました。でも、実際に会って、話して、女性らしい可愛らしい方だと知って、この人とならあたたかい家庭を築けるかもと思うようになったんです。今はあなたしかいないと思っています。結婚してください、ニナさま」

ニナは目を伏せた。素敵な恋物語の一節みたいだった。ダリオはニナを普通の女の子のように甘やかしてくれることだろう。ツァリル大公国に来てから出会った城の使用人たちや薬屋の客たちも祝福してくれる。誰に追われることもなく、お金に困ることもない、穏やかな生活がニナを待っている。

ダリオと結婚したなら幸せになれるに違いなかったけれど、どっちを選ぶかなんて、考えるまでもなかった。

「ありがとうございます。凄く凄く嬉しいです。でも、お嬢さまも旦那さまもあたしを必要としているんです」

ここでダリオを選んだら、クライヴと天使さまを見捨てることになる。ダリオが言う通り、ニナはマホロの民ではない。か弱い女の身であるし、自分の幸せを優先しても誰も責めないだろうけれど——ニナはやっぱり天使さまに仕えたかった。

ダリオはニナがいなくても大丈夫だけど、クライヴと天使さまはニナなしだと飢えてしまう。天使さまに熱くもなく寒くもない格好をさせ清潔を保つだけの細やかさはクライヴに期待できない。二人といればダリオの元にいる何倍も『自分は確かに役に立っているのだ』と感じることができるのだ。それに、何ら活用されることなくニナと共に消えるはずだった知識と技術を駆使して困難に立ち向かう時の多幸感ときたら格別で。

——あたしはお姉さまたちを見返したいのかもしれない。

力が抜けた腕の中から抜け出すと、ニナは淡々と頭を下げた。

「ありがとうございました。お元気で」

その後はもう振り返ることなくクライヴを追って走りだす。

＋　＋　＋

盆地の真ん中を貫く街道を馬車が走っていく。中には誰も乗っていない。空だ。

一本しかない街道を行ったところで逃げきれないのは明らかだった。だからニナたちはダリオが用意してくれた馬車を無人のまま走らせた。

軽い馬車は早い。

物音に気づいた追っ手が城から放たれたのが見えたけれど、あれなら当分追いつけないだろう。

荷を背負ったニナたちは城の背後に聳える山へと分け入った。こちらにも追っ手が放たれるであろうことはわかっていたけれど、ツァリル大公国周辺の山々は険しい。雨が降っているうちは追ってこられないだろう。

「先に行ってしまうなんて、酷いです。はぐれたらどうするんですか」

ダリオと話している間にさっさと山に入ってしまったクライヴに文句を言いながら、ニナは濡れて膚に張りつく前髪を掻き上げる。

クライヴは相変わらず愛想の欠片もない。

「何だ、来たのか」

ニナは歯を食いしばる。一々傷ついてはいけない。この人は無器用なだけ、悪意はないのだから。……多分。

「来ない方がよかったですか？」

「おまえ、あの男に求婚されたのだろう？」

動揺のあまり足を滑らせそうになった。

「どうして求婚されたことを知っているんですか⁉」

クライヴは確かに先に山に入っていた。ニナたちの話が聞こえたはずはないのに。

クライヴが背を向けたままはっと嗤う。

「あの男がおまえを見る目ときたら、見ている方が胸焼けしそうだったからな。大広間でもおまえたちは随分親しげだった」

「あれは、ああでもしないとダリオさまがご令嬢たちに囲まれそうだったから。ダリオさまってモテるんですよ。旦那さまもそうだったみたいですけど」

「俺が？」

クライヴは訝しげだ。メイドたちの好意はこの男に気づかれてさえいなかったらしい。

「とにかく！　結婚は確かに申し込まれましたけれど、断りました。お嬢さまにはあたしが必要でしょう？　旦那さまにだって」

「俺たちのために断ったのなら戻れ。おまえを買うまでだって二人だったんだ。おまえなどいなくても、何とでもなる」

冷たい言いざまに、きゅうっと胸の奥が苦しくなった。

この人も自分を必要とはしてくれないのだろうか——一瞬だけそう思ってしまったけれど、クライヴと天使さまにニナが必要ないなんてことがあるわけなかった。

「本当に、何とでもなるんですか？」

ニナは挑むように、祈るように問う。クライヴは行く手を阻む大岩に手を掛けるとよじ登った。

「うるさい。そもそもおまえはマホロの民でもないんだ。俺たちのことなど放っておいて、若い娘らしく結婚でも何でもしろ」

「話を逸らさないでください。あたしは、あたしがいなくても何とでもなるのかを聞いているんです」

クライヴの唇が引き結ばれる。忌ま忌ましそうに睨みつけているように見えるけれど、言うつもりのなかった本心をどうしたって口にしないわけにはいかない羽目に追い込まれて困っているだけだと、ニナはもうわかるようになっていた。

随分と長い沈黙の後、クライヴがついに言う。

「ならないかもしれないが、行く当てのない旅だ。おまえがつき合うことはない」

つまりこの人は遠慮しているだけ、ニナは必要とされているのだ。

降りしきる雨に体温を奪われさっきまで寒いくらいだったのに、躯が熱くなった。

わかっていた。この人と天使さまがニナを必要としているのは。

わかりきったことを言葉にして貰っただけなのに、どうしてだろう、涙が出そうだ。でも、こんなところで泣きだしてクライヴを困らせるわけにはいかないから。

ニナは大岩に手を掛けると、登り始めた。クライヴが手を差し伸べてくれたのでありがたく摑むと、躯が一気に引き上げられる。

「……わ！」

勢い余ってクライヴの胸に飛び込んでしまったニナは慌てて離れようとしたけれど、できない。クライヴの腕が腰に回されているせいだ。

「日那さま――？」

「……っ、足下に気をつけろ」

顔を覗き込もうとするとクライヴはふいとそっぽを向き、歩きだした。何だか変だと思ったものの、ニナも後を追って歩きだす。

「はい。これからもよろしくお願いしますね、日那さま」

降りしきる雨の中を黙々と歩く。徐々に足場が悪くなってきたので、薬草の採取場所を記した地図にあった狩猟小屋で雨宿りすることにした。

多少雨漏りしているものの充分泊まれそうだ。朝までここで過ごすことにして、クライヴが背負っていた袋の口を開けてみる。新しくサーヤ大公妃があつらえてくれた獣革で作られた背負い袋は水を通さない。中にいた天使さまは濡れるどころか、ぐっすりと眠っていた。

「んうう」

毛布ごと取り出した天使さまを寝かせ、ニナは小屋の中を見回す。床は土が剝き出しの土間になっており、中央に簡単な竈が組まれていた。隅に薪《まき》も少しではあるが積まれている。粗末な狩猟小屋は隙間風が酷いし、ニナとクライヴはずぶ濡れだ。春とはいえ暖を取らないことには凍えてしまいそうだ。

クライヴが火を熾《おこ》し始めたので、ニナは荷物の中から枝落としに使う鉈《なた》としても使える、厚みのあるナイフを取り出した。

「今のうちに薪を探してきますね」

暖を取り服を乾かした後で足りないとなったら最悪だ。出掛けようとするニナを見て、クライヴも立ち上がった。

「いい。俺が行く」

燃え上がる炎に照らし出されたクライヴの髪からはいまだ雫《しずく》が滴《したた》っている。唇も紫色だ。早くあたたまった方がいいし、ニナには別の用もあった。

「いいえ、旦那さまはお嬢さまの傍にいてください。万一追っ手に遭遇したとしてもあたしなら顔が知られていないから誤魔化しが利きます。逆にここに追っ手が来た場合、剣も使えないあたしが残っていたところでお嬢さまを守れません」

「だが、夜でしかもこんな雨の中を、か弱い女一人で行かせるわけにはいかない」

「大丈夫です。知っているでしょう？　あたし、山には慣れているんです」

ニナは重い荷の中からリリアーナに貰った焼き菓子を取り出すとクライヴに渡した。

「この天気ですから時間が掛かるかもしれませんが、心配しないで待っていてください。お嬢さまが目覚めてしまったら、これをあげてください。半分は旦那さまの分ですからね」

「……」

今にも壊れそうな扉を開けると、雨音が大きくなる。湿った冷たい空気を胸いっぱいに吸い込むと、ニナはクライヴを振り返った。

「それじゃ、行ってきます」

◆── エピローグ

大公城から見下ろした盆地はまるで箱庭。夜であっても月があれば、街道を走る馬車でも縄張り争いをする狼の群れでもつまびらかにしてくれる。だが、その夜は折悪しく雨が降りだし、目を懲《こ》らしても見えるのは無限に広がる虚空だけという有り様だった。幼ない姫とその守り手を追う衛兵たちが駆る馬の蹄の音も、雨音に掻き消されて聞こえない。

まるで目を潰され、耳を塞がれているようだ。

怒鳴り散らしたいのを堪え、ツァリル大公は窓の外を睨みつけた。

ようやくあの女を厄介払いできるはずだったのに。

人の目があるから愛しているふりをしていたけれど、ツァリル大公はサーヤが気に入らなかった。

ツァリル大公は寛大でよい領主だと民に慕われている。だが、サーヤを娶《めと》ってしばらく経った頃、ツァリル大公は気がついてしまった。サーヤが自分以上に慕われつつあることに。本当ならもっと大国の王女を望むこともできたのにサーヤを選んだのは、結婚後、大きな顔をされなくて済むと思ったからなのに。

気が利かない女。夫を立てるということを知らない。

おまけに何をしでかしたのか、マホロ聖国は帝国の勘気《かんき》に触れ、滅ぼされてしまった。もはやサーヤと共にいる意味などないし、マホロ聖国の災禍にツァリル大公国まで巻き込まれては堪らない。だからツァリル大公は友好国から招いたように見せかけ帝国の者を引き入れた。毒を盛り、倒れた妻と亡国の幼ない王女を病気だと偽って帝国に引き渡せば、然るべき時に彼らが手を尽くしたものの病状が悪化し死んでしまったと発表してくれる。疑念を抱く者がいたところで帝都は遠く、確かめる術はない。一年喪に服して体裁を整えれば、若く美しく血筋もいい、新しい妻が与えられる……。

計画通りに運べば、ツァリル大公は帝国といい関係を保ったまま、深く愛する妻を病で亡くした可哀想な男になれたのに。

いいや、まだ、望みはある。

ツァリル大公国からの逃走経路は二つしかない。街道か山だ。だが、彼らは街道を選択した。帝国がこういった事態に備え、あらかじめ街道に網を張っているのも知らずに。ほどなく彼らは帝国の手に落ちるだろう。この瞬間にも街道で大捕り物が繰り広げられているに違いない。

心配などしなくても、きっと何もかもうまくいく。ツムギ姫を逃がしたサーヤと口論してから周囲の目つきが気になるが、この国の主はサーヤではなく自分だ。問題ないに決まっている。

気分を落ち着かせるため酒でも持ってこさせようと振り返り、ツァリル大公は心臓が止まるかと思うほど驚いた。誰もいないと思っていた室内に逃げ去ったはずの少女がいたからだ。

「こんばんは、ツァリル大公」

一瞬、死霊かと思った。少女はずぶ濡れだった。褪せた色の三つ編みの先から落ちる雫が木の床に茶色い染みを作っている。

ツァリル大公は身震いしたが、もちろん来訪に気づかなかったのは、雨音がうるさくて足音も雫の落ちる音も耳に入らなかったせいで、死霊などいるはずがなかった。

「おまえは……確か、ツムギ姫の……。黒狼と共に逃げたのではなかったのか？　なぜここに……」

少女の華奢な手に厚みのある重そうな刃物があるのに気がつき、ツァリル大公は悪夢を見ているような気分に陥る。この少女は自分を殺すために戻ってきたのだろうか。

「ま、待て、待て待て待て、落ち着け！」

「大公こそ落ち着いて教えてください。サーヤ大公妃はどこですか？　まさかお嬢さまを逃がした咎で——」

「何もしておらん！　ただ、あまりうるさいから、下に行かせただけだ。頭を冷やせと言って」

「下？　地下牢に閉じ込めた、ということですね？」

ツァリル大公は地下牢のことを『下』と呼ぶ。常日頃からそんな場所を用いていると知られないための用心だったが、――なぜこの少女はそんなことを知っているのだろう。

もちろん調べたのだとツァリル大公は思った。この少女は虫も殺さない顔をして、こそこそと自分の周りを嗅ぎ回って、忍び寄る隙を狙っていたのだ。

「わ、私を殺す気か⁉　最初からそのつもりで大公城に潜り込んだのか⁉」

優しげな仮面をかなぐり捨てわめくツァリル大公を、少女は不思議そうに眺めた。

「殺す？　どうしてですか？」

「おまえは子羊の館から送り込まれてきたのだろう？　私は知っているのだ、ジ・ディリ王の命で深い森の中に建てられた館のことを！　その館に住む金髪碧眼の美しい娘たちは皆、館の主の娘で、人を殺《あや》める技を教え込まれ育つのだろう？　百年ほど前、不出来な王太子が急死したのも、去年、南方諸国の族長たちが次々に変死したのも、王の命を受けた子羊の館の娘の仕業だった！」

見破られて悔しがるかと思いきや、少女は驚いたようだった。

「ええ⁉　あたし、人を殺めるために育てられたんですか⁉　それじゃ、あたしが王都に送られたのは、最初から子爵さまたちを殺すためだったんでしょうか……」

逆に質問されたツァリル大公は困惑する。

「何の話だ？」

「あたし、最終試験だって言われて、王都の子爵さまのお屋敷に送り込まれたんです。メイドとして頑張ればいいんだと思って真面目に働いていたんですけど、ある時、子爵さまと若奥さま、それから赤ちゃんを殺せって手紙が来て」

眉根を寄せた少女が無骨な刃物を抱き締める。

「子爵さまも若奥さまも本当にいい方だったから、あたし、何かの間違いだと思って返事を出したんです。こういう意味で合っていますか？　合っているとしたら、考え直して貰えませんかって。そうしたらお姉さまたちが来て……屋敷に火を放った……」

いまだいかなる穢れをも知らなそうな少女の唇によって紡がれた陰惨な話に、ツァリル大公は硬直した。

「あたしは皆を助けようとしたんですけど、全然駄目でした。お姉さまたちに捕まって、奴隷商に売られて……ああ、目覚めた時、喉も目も潰され、躯のあちこちを削られていたのは、あたしの口を封じ、確実に始末するためだったんですね。色んなことを教えてくれたのは、旦那さまの『仕事』を遂行する役に立つから……？　道理で子爵家のメイドたちと話が合わないわけです。皆がメイドとしての教育をちゃんと受けていないわけではなくて、あたしがおかしかったんですね。孤児を引き取って育ててくれるなんて、『子羊の館』の皆は何ていい人たちなんだろうって、ずっと思っていたのに……」

少女の瞳が潤み、唇が戦慄《わなな》く。少女の弱った姿を見たツァリル大公の中で弱い者を嬲《なぶ》りたいという本性が鎌首をもたげた。

「は……は、ははは！　人を殺す技を仕込まれて気づかないとは、馬鹿かおまえは！」

喉も目も潰されたとはどういうことだろうと頭の隅で思いつつも、ソファの背もたれを鷲摑みにし、前のめりになって罵《ののし》る。ずっと極度の緊張状態にあったせいだろうか、己を止められない。

少女は泣きそうになった。

「確かに馬鹿ですけど……仕方なくないですか？　あたしは深い森の中、これが普通だと教えられて育ったんですから」

どうやらこの少女は本当に己が何者であるかを知らなかったらしい。では、とツァリル大公は考えを巡らせる。

「『子羊の館』から送り出されてきたのでなければ、おまえはなぜここへ来たのだ？　黒狼に雇われたのか」

「いいえ。あたしは旦那さまに買われたんです。ナリアで」

急に喉の渇《かわ》きを覚え、ツァリル大公はまじまじと少女を見た。

買われた？　奴隷の街、ナリアで？　では、この少女は奴隷なのか？

ツァリル大公国に奴隷制度はない。だから興味はあったもののツァリル大公は奴隷というものを見たことがなかった。でも、少女の言うことが本当なら子守りというのは嘘で、あの黒狼はこのまだ胸も躯も薄い少女を金で買い――いいようにしていた……？

子供に興味はなかったが、奴隷で、あの黒狼のお手つきだと思うと妙に昂《たか》ぶるものがあった。

「……では、おまえが生きていることが『子羊の館』に知れたら、とどめを刺しに来るかもしれんな」

少女の顔から表情が消え、目が硝子玉のようになる。

「よ、止せ止せっ。おまえがここにいることは誰にも言わん！　その代わりおまえ、こちら側につけ。そうしたら私が奴隷の身から解放してやる。ツムギ姫の居場所を教えるなら金もやるぞ。あっ、爵位をやってもいい。おまえ、ダリオと結婚したいのだろう？」

『子羊の館』で育てられた女たちは手練れ揃いで、どんな仕事も着実に遂行するという。いざという時のために、男を誘惑する技をも仕込まれているとか。……ダリオと結婚させてやる前に味見をしてもいいかもしれない。

いい手駒が手に入ったとツァリル大公はほくそ笑む。

少女はツァリル大公の提案ににっこり微笑んだ。

「ありがとうございます。でも、お断りです」

「……何だと」

ツァリル大公は小さいとはいえ一国の主である。望んで思い通りにならなかったことなどほとんどない。激昂《げっこう》したツァリル大公は大声で怒鳴りつけようとした。その時、少女が素早く手を振り抜いた。何か軽いものが口の中に飛び込んできて喉の奥に当たる。

僅かな湿気を吸い、それはほろりと崩れた。吐き出さなければと思うのに勝手に喉の筋肉がうねって呑み込んでしまう。噎《む》せて咳き込んだものの一欠片も吐き出すことができない。ツァリル大公は蒼褪めて少女を見つめた。

「今のは、何だ」

「サーヤ大公妃とお嬢さまに出されたお菓子です」

ツァリル大公の脳裏に、小さな瓶《びん》をことりとテーブルに置いた若い帝国貴族の姿が浮かんだ。これを飲むと十分も経たず生ける屍《しかばね》になるとあの男は言っていた。

早く解毒剤を飲まなければならない。でも、どこにある?

手元にはない。あれは別売りで、目の玉が飛び出るほど高価だったから、サーヤと子供を帝国に渡すのに使うだけなのに解毒剤など必要ないと思ったツァリル大公は買わなかったのだ。

まずい。

「だっ、誰かっ。誰かいないかっ」

叫びながら部屋を出ようとしたら視界が回った。気がついたら木の床に顔を押しつけていて、ツァリル大公は愕然とする。私は今、転んだのか……？

扉が開き、エンリコが姿を見せる。ツァリル大公はやけに縺れる舌を動かし命じた。

「早くっ、早く帝国から来た客人を誰でもいいっ、呼べ！」

手を突いて起き上がろうとするも、地面が大きく揺れまたひっくり返ってしまう。指先が震えて力がうまく入らない。

「——大公閣下。帝国人らしき者は皆、ツムギ姫を追って城を飛び出していきました」

こいつも私に逆らう気か。

ツァリル大公は口から唾を飛ばし、わめき散らした。

「誰か一人くらい残っておるだろう⁉　いなければ使いを出せっ。レーンロート卿から買った毒の解毒剤がいる。金なら後で幾らでも払うから今すぐ寄越せと」

エンリコが呻くように言う。

「毒？　……ああ、ツァリル大公、あなたはサーヤ大公妃に、本当に毒を盛ろうとしたんですね……」

ツァリル大公は舌打ちした。子羊の館の主は正しかった。手駒というものは、どんな命令にも即座に従うようでなければいざという時役に立たない。ましてやぐちゃぐちゃ余計なことを言うような奴は、処断して然るべきだ。

申し訳なさそうな顔さえせずツァリル大公を見下ろしていた少女が、エンリコへと顔を向けた。

「エンリコさん、サーヤ大公妃を呼んでください。ツァリル大公はサーヤ大公妃に飲ませようと用意した毒を誤って飲んでしまったみたいなんです。御子がおられないツァリル大公に何かあった場合、サーヤ大公妃が名代《みょうだい》になられるんですよね？」

ツァリル大公は目を剝いた。

「何を言っている。この国は私のものだぞ⁉　あんな女にこの国を治められるものか！」

少女にはツァリル大公の声が聞こえないようだった。

「エンリコさん。ここにはあたしとあなたしかいません。エンリコさんが決めてください。もうあと十分もすれば毒が回り、ツァリル大公は死なないとはいえ二度と目覚めなくなります。妻と幼な子を売るような男を助けて、サーヤ大公妃とこの国を帝国の手に委ねますか？　それともこのままツァリル大公には病気になっていただき、サーヤ大公妃にこの国を率いて貰いますか？　その場合は帝国が黙っていないと思いますが、ちょうど長雨の季節に入ります。攻め入ることができない間に盆地の入り口に門を建設し、いつでも盆地を水没させられるよう川の上流に堰を設ければ、更に守りを固めることができるでしょう。帝国はジ・ディリ王国の向こう、地の利もありますし、近隣諸国と手を結べばこの地を守るのは決して難しいことではありません。対外的にはツァリル大公は病に罹ったと公表すればいいでしょう。伝染する酷い病だから誰にも会わせられないという筋書きにすれば解毒剤を飲ませようとする者がいても閉め出せます……」

「ふざけるな！　この奴隷女が！　エンリコ、こんな女の言うことなど聞くんじゃない。早く帝国の誰かを呼んで――」

エンリコが言った。

「サーヤ大公妃を呼んできます」

「エンリコっ、げほっ」

目が霞んできた。息もうまくできなくて、咳き込んでしまう。

「あ、サーヤ大公妃は地下牢にいらっしゃいます。そこに閉じ込めたって、さっきこの人が言っていました」

少女の声だけがやけにはっきりと聞こえた。傾いだ景色の中、エンリコが部屋を出ていく。

「あ……あああ……なぜだ、なぜ……じゆうにしてやると、いった、のに……」

この少女は自分の命令に従うのが当然なのに。

かろうじてまだ動く指が、かり、かり、と床を掻く。

少女が近づいてきてしゃがみ込んだ。

「むかしむかし、あたしがまだ幼な子だった頃、子羊の館に連れてこられたあたしにお姉さまは言いました。今日からあたしたちは家族よって。でもツァリル大公の話が本当なら、あれはあたしに言うことを聞かせるための嘘だったんですね」

「ち、ちが……わたし、は……」

どうやら自分は余計なことを教えてしまったらしい。そう思ったツァリル大公は取り消して少女を宥めようと思ったけれど、もう舌が動かなかった。

「今更取り繕わなくていいです。現に最終試験に失敗したせいで、あたしは何の役にも立たない塵《ごみ》みたいに処分されたんですから。傷つきましたけど、今は捨てられてよかったって思っています。お姉さまによって奴隷商に売られなかったら、お嬢さまには出会えなかったでしょうから」

そう言うと少女は宙を見つめ――ツァリル大公が今まさに目の前で毒に冒されつつあるというのに――蕩けるような笑みを浮かべた。

「あたし、お嬢さまが好きなんです。お嬢さまって凄く可愛いでしょう？　お嬢さまににこおって笑いかけられると、とっても幸せな気分になれるし、だっこって両手を伸べられると、愛されているって感じられる」

ツァリル大公は思う。そんなものは幻想に過ぎない。

サーヤだって少し優しくしてやっただけでツァリル大公に愛されていると信じ、疑いもしなかった。あの幼な子は傍にいたからだっこを強請っただけ、愛なんか関係ない。

少女は心の声が聞こえたかのように目を細めると、ツァリル大公の首筋に手を当てた。

「お嬢さまが幼な子なのは今だけ、すぐに成長して愛するものも増えて、今のように甘えてくれなくなるかもしれないことはわかってます。でも、家族だと思っていたお姉さまたちに裏切られたからだと思うんですけど、あたし、誰に好意を向けられてもどこかでふりだけなんじゃないかって疑ってしまうんですよね。ダリオさまに求婚された時もとても嬉しかったのに、本当のことだとは思えなくて。でも、お嬢さまだけは信じられるんです。絶対にあたしに嘘をつかない、あたしを心から慕ってくれているって。きっとツァリル大公は、幼な子なのだから当然だと思うのでしょうが、それでもいいんです。あたしは唯一信じられるお嬢さまといたい。お嬢さまがだっこを強請ってくれるなら、茨《いばら》の道でもいい、一緒に歩みますし、これまで身につけたすべての技を使って守ってあげます……」

年端もいかない幼な子を心のよりどころにするなんておかしい。そうツァリル大公は思ったけれど、伝える術は、もう、ない。

「だからツァリル大公、あたしには自由にして貰う必要なんかないんです。あたしはこれからもお嬢さまと一緒にいて、身も心も捧げてお仕えするつもりなんですから」

幸せそうに微笑む少女は、奴隷というより狂信者の目をしていた。

ツァリル大公は悟る。人殺しとして育てられた人間がまともなわけがないのだと。この少女にとって大事なのはあの幼な子だけ。権力を振り翳したところで意味などなかったのだ。

「『子羊の館』の真実を教えてくださったことに感謝します、ツァリル大公。それではさようなら、お元気で。――ふふ、自分たちが用意した毒のせいで手駒が駄目になったと知ったら、帝国の人たちは悔しがってくれるかしら？」

これは帝国への意趣返しでもあったのか。

軽やかに立ち上がると、少女はツァリル大公に背を向けた。霞みゆく視界に最後に見えたのは、少女の髪から滴った雨水が木の床に残した黒い染みだった。

＋　＋　＋

ぺちぺちと頬を叩かれて目を開けると、天使さまがいた。壁の隙間から差し込む陽の光を浴び、純白の髪が輝いている。

のろのろと身を起こすと、竈にはまだ火が燃えており、クライヴが小鍋で湯を沸かしていた。

陽の光の中で見た狩猟小屋の内部は隅に蜘蛛《くも》の巣が張っていたり壁に穴が空いていたりと酷い有り様だったけれど、ニナは貴族ではない。全然気にならない。

「おはようございます……」

起き上がって天使さまを捕まえる。額にキスすると天使さまは弾けるような笑い声を上げ、身を捩った。久し振りに見る愛らしい姿に、ニナの口元にも笑みが浮かぶ。天使さまには躯だけでなく心まで癒やす力があるらしい。

「天使さま。またお世話できるようになって、ニナはとっても嬉しいです。これからはずっと一緒にいましょうね」

「いーっちょ?」

ふくふくとした両手が差し出されたのでだっこして頭のにおいを嗅ぐ。天使さまはミルクのにおいがした。このにおいを嗅ぐといつもほっとする。幸せだと思う。

「顔を洗ってこい。朝飯にするぞ」

「はい」

「あいっ」

身だしなみを整えるため外に出る。長雨の季節らしく空には巨大な黒い雲がいくつも浮かんでいたけれど、隙間から覗く空は目が痛くなるほど青い。

近くを流れていたせせらぎで顔を洗って小屋に戻ると、朝ごはんである。今日はパンとクライヴが作ってくれた薄いスープだ。

「これからどこへ行くのか、決まっているんですか?」

あーんと口を開けた天使さまの口の中に、匙ですくったあたたかいスープを運んでやりながらニナは問う。クライヴに迷いはなかった。

「南に下る。随分と会っていないが、大陸随一の海洋国であるカーサに友人がいる。カーサは帝国と敵対しているから、友人に会うことができなくても一息つくことができるはずだ」

「海洋国……きっと、美味しいお魚が食べられますね。お嬢さまは海を見たこと、ありますか?」

「う?」

ツムギは海が何なのかさえ理解していないらしい。ニナも見たことがないけれど、青くてキラキラ光っていて、どこまでも広がっているという話を聞いたことがある。そんなのを見たら、天使さまはどんな顔をすることだろう。

クライヴが思い出したように小さく折り畳んだ書類を服の中から取り出した。

「ああそうだ、その前に街で奴隷身分からの解放手続きを済ませるぞ。奴隷制度がないせいで手続きするための機関もなかったからな、ツァリル大公国には」

ぽいっと投げ渡された紙を広げてみる。折り目だらけになっていた書類は、ニナを購入した時にイーライと交わした契約書と奴隷所有証明書だった。

「持っていろ。破っても構わんが、登記を何とかしないと正式に解放されたことにはならないのは、わかっているな?」

「本当にあたしのこと、解放してくれるんですね」

「一度言ったことは違えん。他にしたいことができたらいつでも言え。おまえは自由なんだからな」

「ありがとうございます。でもあたし、誰かのために頑張るのが好きみたい。もし旦那さまが主従関係を解消してくださってもまた、他のご主人さまを探してしまうかも……?」

たとえば、天使さまとか。

ニナは既に天使さまとは切れない絆で結ばれているつもりだけれど、所有証明書といった書類や登記など、誰からも確認できるものがあればより強固に繋がれる。何があっても離れなくて済む。

ニナは名実共に『天使さまのにーにゃ』になれるのだ。

『天使さまのにーにゃ』。……いい。凄く……いい。

手続きも名義の書き換えだけで簡単だろうなどと想像を膨らませていると、いきなり、手の中から書類が消えた。

「旦那さま?」

「……どうせ俺がいないと手続きできない。この書類は俺が保管しておく」

自分が投げて寄越したくせに、再び小さく畳んでしまい込んでしまう。

ニナの袖を引っ張りあーと大きく口を開けて朝食の続きを強請る天使さまのためにふやけたパンをすくってやりながら、ニナはやっぱり自分には、クライヴが何を考えているのかわからないなと思った。

レベル上げ大好きな私が異世界で
聖女やってます

著者／夜光花　イラスト／笠井あゆみ

聖女として召喚されてしまったブラック企業勤めの瑠奈。
しかし魔法が一切使えず、無能扱い。
そんな時、謎の男性に助けられて…！

転生聖女ですが、理由《わけ》あって死神王子と偽装婚約いたしました

著者／瀬王みかる　イラスト／桜花舞

『伝説の大聖女ルーネ』だった前世を思い出したルルカ。誰にもバレたくないのに、なぜか王子に偽装婚約を申し込まれてしまい⁉

十三月の子猫

著者／溝口智子　イラスト／あんよ

咲良には秘密がある。
老猫・こでまりと『話』ができること。
しかし、こでまりの命は終わりへ近づいており…。
愛猫との感動物語。

KiKi BUNKO

死《し》にかけ乙《おと》女《め》が見《み》つけた幸《しあわ》せ

成《なる》瀬《せ》かの

2025年4月17日　初版発行

発行者　笠倉伸夫

発行所　株式会社　笠倉出版社
〒110-8625　東京都台東区東上野2-8-7　笠倉ビル
［営業］TEL 0120-984-164
［編集］TEL 03-4355-1103
https://www.kasakura.co.jp/

印刷所　株式会社　光邦

装丁者　須貝美華

定価はカバーに印刷されています。

乱丁・落丁の場合は当社にてお取替えいたします。

本書は書き下ろしです。
この物語はフィクションであり、実在の人物・事件・団体とは一切関係ありません。

ISBN 978-4-7730-6707-1
Printed in Japan